회귀로

영웅문

회귀로 영웅독점   **5**

초판 1쇄 인쇄일 2021년 03월 16일 | **초판 1쇄 발행일** 2021년 03월 22일

지은이 칼텍스 | **펴낸이** 곽동현 | **담당편집 팀장** 이범수
편집부 정요한 최훈영 조혜진

펴낸곳 (주)조은세상 | 출판등록 제2002-23호
주소 서울특별시 동작구 동작대로1길 27 5층
TEL 02)587-2966 | FAX 02)587-2922
E-mail bukdu@comics21c.co.kr

칼텍스ⓒ2021
ISBN 979-11-6591-702-9 | ISBN 979-11-6591-494-3(set)
값 8,000원

칼텍스 퓨전 판타지 장편소설

회귀도

청운독정

5

북두
(주)좋은세상

칼텍스 퓨전판타지 장편소설

FUSION FANTASY STORY

CONTENTS

Chapter 27.

결승전을 앞두고 국왕 신유철은 이번에도 대회장을 찾았다.

"작년과 같은 대진이구만. 하하하. 이번에는 제대로 싸웠으면 좋겠는데 말이야. 작년의 그 연기 말고."

신유철의 옆에 앉은 이강진은 미소를 지었다.

"이번에는 제대로 겨뤄 보는 거 같더군요. 저도 기대됩니다. 한상혁이라는 아이는 천재입니다. 재능만 본다면 저보다도 더 뛰어난 무사가 될 수 있겠죠."

이강진은 상혁을 높게 평가했다.

천재는 천재를 알아본다.

"계속 일검류를 수련해 주었으면 무공을 한 단계 위로 끌

9

어울렸을 인재입니다."

"자네가 만든 무공을 한 단계 끌어올려? 그것참 대단한 평가네."

신유철은 이강진의 말을 반만 믿었다.

친구가 나이가 들더니 겸손함이 늘었다고 생각할 뿐이다.

이강진은 왕국 역사, 아니 인류 역사상 가장 강한 무사였으니 말이다.

"자네 손자 얘기나 하지. 아주 잘 성장했더군. 후암의 단장에게서 소식을 듣고 있네. 칭찬으로 입이 마를 일이 없더구면."

유현성의 보고서에는 온통 좋은 것들만 적혀 있었다. 사위감이라고 생각하는 사람이었으니 당연한 일이었다.

"사심이 가득해 곧이곧대로 믿을 수는 없으나 몇몇 활약은 대단하더군."

고작 16살짜리가 거도대 전멸 사건에서 생존한 것은 원정대 안에서도 유명한 이야기였다.

그 후로도 많은 원정대에서 서하는 크게 활약했다.

서하와 함께 원정을 수행했던 대장들은 일개 생도라고는 믿을 수 없을 정도로 침착하고 상황 판단이 빠르다고 평가했다.

손자의 칭찬에 이강진은 미소를 지으며 말을 이어 갔다.

"서하는 걱정이 없습니다. 정신적으로는 이미 저를 뛰어넘었을지도 모릅니다."

"또 겸손은……."

"아뇨, 공청석유를 한 번에 한 모금은 복용했습니다. 그리고 버텨 냈죠."

이강진의 말에 신유철이 흥미를 보였다.

"공청석유 한 모금?"

"네, 엄청난 양이죠."

"그 좋은 게 있으면 날 줬어야지!"

"전하는 이미 나이가 많아 그거 마시면 골로 가십니다. 하하하."

이강진의 말에 신유철은 낄낄거리며 웃다가 다시 진지하게 말했다.

"그래서 그걸 버텨 냈다고?"

신유철 또한 공청석유를 두세 방울 정도 복용한 적이 있었다.

몸이 타들어 가는 그 기분은 다시는 경험하기 싫을 정도로 고통스러웠다.

그런데 한 모금이라니.

인간이 버틸 수 있는 고통이 아니었을 것이다.

"그러면 엄청나게 강해졌겠구먼. 이미 선인 수준이 되었을 수도."

"그건……."

이강진은 씁쓸하게 입맛을 다시다 말을 줄였다.

"직접 보시면 아실 겁니다."

이윽고 비무장으로 두 아이가 올라왔다.

왕국의 미래.

신유철은 흥미진진하게 몸을 앞으로 빼며 말했다.

"그래, 직접 보자."

왕국의 미래를 엿볼 수 있는 대결이 시작되어 가고 있었다.

결승전 날이 밝았다.

아직도 성도 김 씨의 사람들은 분주하게 김지환을 찾고 있었다.

시체는 발견하기 쉽지 않을 것이다.

전가은도 이런 상황을 예측하고 어디 먼 곳에 버렸을 테니 말이다.

이윽고 결승전이 시작되었다.

비무장은 관중으로 가득 찼다.

작년의 결승전을 못 본 사람들까지 온 덕에 발 디딜 곳 없이 만석이다.

여기서 망신을 당하는 건가?

아니, 아니.

아직 진다고 확정이 난 것도 아닌데 회귀 전의 찌질함이 나와 버렸다.

반대편에서는 상혁이가 올라왔다.

녀석은 나를 보자마자 활짝 웃으며 말했다.

"또 결승이네. 이야, 이번에는 나 진짜 열심히 수련했으니까 긴장해야 할 거야."

상혁이는 진심으로 내가 자기보다 강하다고 생각하고 있다.

물론 극양신공을 사용하면 아직은 내가 더 강하다.

문제는 여기서 사용했다가는 온 세상이 내 대나찰용 비밀 무기를 알게 된다는 거지.

이미 천우진이 안 시점에서 암부는 알고 있을지도 모르나 그렇다고 막 쓰고 다니기에는 부담이 된다.

아무리 암부라고 하더라도 돈이 될 정보를 아무에게나 흘리지는 않을 테니 정보가 완전히 새어 나갔다고 단정 지을 수 없으니 말이다.

난 상혁이와 악수하며 말했다.

"긴장해서 오줌 쌀 지경이다. 살살해."

"에이, 엄살은. 너 그 극양신공인가 그거 쓰면……."

"그거 안 쓸 거야. 그러니까 살살해."

내가 확고히 말하자 상혁이는 미소를 지었다.

"그래도 네가 더 강하겠지."

"아니라니까 그러네."

지금이라도 져 달라고 할까?

아니, 그럴 수는 없다.

아무리 극양신공이 있더라도 지금 상혁이를 이길 수 없다면 2차 북대우림 원정에 참여해서도 아무것도 못 할 것이 분명하다.

이건 나의 마지막 시험이다.

극양신공은 나의 전투 능력을 올려 줄 뿐 기본 실력이 없다면 그 또한 허울뿐인 실력이다.

나는 상혁이에게 말했다.

"제대로 해 보자. 누가 이기든 원망하지 않기다."

"그건 내가 하고 싶은 말이야."

상혁이는 손을 놓으며 말했다.

"이제부터 네 뒤를 지키려면 적어도 네가 안심할 실력은 되어야지. 기대해. 아주 놀랄 거다."

그래, 놀랄 준비는 되어 있다.

박민아를 그렇게 손쉽게 제압할 줄은 정말 몰랐으니까.

그렇게 나는 상혁이와 적당히 거리를 벌리고 준비 자세를 잡았다.

이윽고 징이 울리며 대성무대전 결승이 시작되었다.

상혁이는 작정을 한 듯 나를 향해 달려들었다.

그에게도 이 결승은 시험 무대였다.

나의 뒤를 지키겠다고 한다.

회귀 전, 나는 누군가에게 비슷한 말을 했다.

당신의 뒤는 내가 지킨다고 말이다.

그리고 대답은 냉정했다.

'마음은 고맙지만 네 한 몸 간수하고서 말해라.'

그렇게 웃던 나의 동료는 결국 쓸쓸하게 죽어 갔다.

나는 뭐 했냐고?

내 한 몸 간수하지 못해 누군가의 도움을 받으며 도망쳤다.

누군가의 등을 지키기 위해서는 그 자격을 증명해야 한다.

상혁이는 이미 그 사실을 알고 있었다.

"우오오오오!"

마치 태풍에 내려치는 번개처럼.

천뢰쌍검의 공격이 나를 향해 쏟아졌다.

단 한 번의 공격만 맞더라도 그다음 공격을 피할 수 없으리라.

'많이 강해졌구나.'

아린이와 대련하며 가능한 많은 경험을 쌓은 상혁은 마치 전과는 다른 사람처럼 싸웠다.

단순한 공격만을 하던 상혁은 내 방어를 공략하기 위해 여러 가지 시도를 하고 있었다.

내가 만약 회귀 전의 경험이 없었다면 하나같이 반응할 수 없는 기상천외한 공격들이었다.

그러나 지금은 전부 본 것이다.

아무리 상혁이라고 하더라도 수많은 천재를 본 나의 경험을 뛰어넘을 수 없다.

아직은.

전부 받아친다.

점점 속도가 올라가고 나의 내공이 주변을 진동시키기 시작했다.

외공은 이미 상혁이가 나를 뛰어넘었다.

하지만 내공은 내가 압도적 우위에 있었다.

'이대로는 못 이긴다.'

내공의 우위를 살리지 못한다면 나에게 승산이란 없다.

쌍검을 휘두르는 상혁이를 상대로 틈을 만들기 위해서는 어떻게든 나도 무기를 늘려야 한다.

그리고 내가 내린 판단은 하나였다.

호신강기(護身罡氣).

방대한 내공은 물론 자유자재로 강기를 구사할 수 있어야만 사용할 수 있는 기술이다.

공청석유를 마시지 않았다면 시도도 할 수 없을 정도로 내공 소모가 심한 기술이었으나 지금은 해볼 만하다.

나는 상혁이의 검을 쳐 낸 뒤 공격을 들어갔고 상혁이는 가볍게 피하며 반대편 검으로 반격했다.

지금이다.

나는 팔을 들어 상혁이의 공격을 막았고 상혁이는 놀란 듯 눈을 동그랗게 떴다.

내 팔이 부러지리라 생각했겠지.

하지만 고통조차 없다.

내 검은 상혁이의 어깨를 스쳤다.

상혁이는 살짝 거리를 벌렸고 숨죽여 지켜보던 관중들이 손뼉을 치기 시작했다.

호신강기(護身罡氣)는 선인들이나 가능한 경지였다.

아니, 선인 중에도 내공이 적은 이들은 부담스러운 기술.

그걸 16살인 내가 해냈다.

새로운 무기를 얻었다.

"방금 호신강기야?"

"진짜? 16살에?"

"내공 다 써서 뻗는 거 아니야?"

"이제 알게 되겠지. 그나저나 수준이 높네."

"그래, 작년이 15살 중 강한 수준이었다면……."

"이제 상급 무사들과 비교해도 떨어질 게 없겠어."

앞자리에 앉은 관중들의 말소리가 들려왔다.

다들 무공에 조예가 깊은 이들이었기에 서로서로 토론을 벌이는 것이다.

하지만 한 가지는 확실하다.

내 존재가 작년에 비해서도 더 강하게 각인되고 있었다.

"자, 너도 이제 네가 가진 걸 보여 줘 봐. 이게 전부는 아니 잖아."

"그래, 기대해 봐."

상혁이는 호흡을 가다듬었다.

지금까지 상혁이가 보여 준 것은 천뢰쌍검의 기본적인 초식이었다.

서로 탐색전만 했다는 뜻이다.

그 탐색전에서 나는 호신강기를 사용해야 했지만 말이다.

"후우."

상혁이는 심호흡을 한 뒤 나를 향해 돌진했다.

천뢰쌍검, 뇌백조(雷百爪).

작년에도 나에게 사용했던 기술이다.

그러나 그 위력은 격이 다르다.

신로심법을 수련한 상혁이의 기술은 거의 완성된 셈이다.

하지만 나도 지금까지 놀고 있던 것은 아니다.

일검류, 공시대보(攻時待步).

전부 피한다.

백 개의 날카로운 번개 손톱이 비무장에 흉터를 냈지만 나는 그 전부를 피해 냈다.

하지만 추가타가 날아온다.

천뢰쌍검, 만뢰(萬雷).

하늘로 치솟은 상혁이의 쌍검에서 만 개의 번개가 뿜어져 나오는 것만 같았다.

'저 기술까지 사용할 수 있게 되었구나.'

천뢰쌍검의 비기 중 하나인 만뢰(萬雷).

기술의 난이도는 물론 필요한 내공과 외공의 수준까지 아득히 높은 기술이었다.

피할 수는 없다.

그렇다면 받아쳐야만 한다.

나는 바로 자세를 잡았다.

'천재는 천재야.'

난 언제나 상혁이가 부러웠다.

내가 저 재능을 타고났다면 더 쉽게 세상을 바꿀 수 있었을까?

내가 아니라 상혁이가 회귀를 했다면 나처럼 바보 같은 실수는 하지 않았을까?

'솔직히 부럽다.'

상혁이의 인생이 힘든 것도 알고 있다.

그의 처절한 최후도 알고 있다.

하지만 부러웠다.

지키고 싶은 것을 끝까지 지키며 영웅처럼 살다 간 회귀 전의 상혁이가.

자신의 목표를 향해 누구보다 빠르게 달려 나가는 지금의 상혁이가.

너무나도 부러웠다.

'그러니 나는…….'

진심으로 녀석을 이기고 싶다.

'적어도 지금은…….'

아직은 내가 이겨야만 한다.

만 개의 번개가 나의 몸을 찌르고 나는 호신강기로 상혁이의 검기를 밀어냈다.

내 몸을 가득 채운 내공이 사라짐과 동시에 채워지는 것이 느껴졌다.

그렇게 모든 검기가 막히자 상혁이가 마지막 일격을 위해 검을 내려쳤다.

이제는 힘과 힘의 대결.

"우오오오오오!"

"으아아아아아!"

일검류(一劍流), 패천검(敗天劍).

우레와 함께 하늘을 찢어라.

두 검이 서로 맞닿는 그 순간 꽝음과 함께 상혁이의 쌍검이 터져 나갔다.

"……!"

놀란 상혁이는 바로 몸을 동그랗게 말아 보호했고 나의 검이 그의 팔을 후려쳤다.

퍽! 하는 소리와 함께 상혁이가 날아가 수십 번을 구른 뒤 멈췄다.

"하아, 하아."

멍하니 상혁이를 바라보던 나는 바로 검을 버리고 달려갔다.

너무 강하게 맞았다.

하지만 내가 도착하기도 전에 상혁이가 몸을 일으켰다.

한쪽 팔이 축 처져 있긴 했으나 얼굴에는 미소가 가득했다.

"이야! 역시 너는 못 이기겠다니까. 나 진짜 열심히 했는데."

오른팔이 축 늘어진 녀석은 내 앞으로 걸어와 팔을 잡았다.

"뭐 해? 얼굴은 하얗게 질려서. 내가 뭐 그거 맞고 죽기라
도 했을까 봐? 네 우승이야. 조금 더 기뻐하라고."

그리고는 있는 힘껏 올린다.

그제야 나는 고개를 들어 국왕 전하와 할아버지를 올려 보
았고 동시에 함성과 함께 박수 소리가 들려왔다.

우승했다.

지금, 나는 명실상부 이 나라 최강의 재능이 되었다.

한상혁과 이서하의 결승전.

두 노인은 그들이 한 번의 움직임을 가져갈 때마다 평가를
했다.

"……공청석유를 마셨다고 하지 않았었나?"

"그랬죠."

"호신강기구먼. 거기다 기본 실력도 훌륭해. 하지만…….."

신유철은 아쉽다는 듯 말했다.

"재능은 저 한상혁이라는 친구가 더 많구먼."

"하하하하!"

이강진은 크게 웃은 뒤 말했다.

"제가 말하지 않았습니까? 서하는 재능이 없습니다."

그건 직접 훈련시켜 본 이강진이 더 잘 알고 있었다.

아니, 정확하게 말하면 서하에게 엄청난 재능이 있는 줄 알았다.

그러나 서하의 재능은 생각보다도 더 형편없었다.

막말로 서하가 진짜 천재였다면 육감을 깨우치는 데 그리 번거로운 예시를 들지 않아도 되었을 것이다.

이강진의 속을 모르는 신유철은 말을 이어 갔다.

"전투 방법도 자신의 것이 아니군. 누군가의 것을 따라 한다는 느낌이 커."

"맞습니다. 저런 움직임은 자기 것이 아니죠."

서하의 전투 방식은 새롭지만 딱딱했다.

몇 가지는 이강진조차 놀랄 정도의 감각을 보여 줬으나 그 또한 틀에 박힌 느낌을 지울 수 없다.

반면 한상혁은 마치 물 흐르듯 자연스러웠으며 또 살아 있는 것처럼 변화했다.

둔재는 머리로 싸우고 천재는 감각으로 싸운다.

딱 그 예시가 눈앞에 펼쳐지고 있다.

"하지만 서하는 공청석유를 한 모금이나 마시고도 버텨 냈습니다."

"정신력인가?"

"정신력이 강한 무사가 결국 최강이 되지요."

아무리 재능이 크다고 하더라도 인간은 나약하다.

누군가는 사랑하는 사람의 죽음 앞에 무너지고, 누군가는 자신의 욕심으로 무너지며, 누군가는 자만심으로 무너진다.

인간의 정신은 두부보다도 무르다.

하지만 서하는 어떤가.

마치 평생을 수련한 수도승처럼 절대로 흔들림이 없다.

'아니, 정확하게 말하자면…….'

너무 많이 깨져서 더 깨질 게 없다고 해야 할까?

금강석과 같은 단단함보다는 가루가 되어 해탈한 그런 강함이었다.

거기에 총명하다.

무공 재능이 좀 떨어지면 어떤가?

그건 시간이 해결해 줄 것이다.

무엇보다 그 재능 없는 서하가 상혁을 이기지 않았던가.

'비록 공청석유의 힘이지만 말이야.'

영약을 얻어 온 것도 서하, 그 고통을 이겨 내고 자신의 것으로 만든 것도 서하이니 반칙은 아니지 않은가.

"그래, 정신력. 그게 가장 중요하지."

신유철은 미소를 지으며 작게 중얼거렸다.

"우리 유민이에게는 없는 것이기도 하고 말이야."

만족스러운 미소와 함께 신유철이 몸을 일으켰다.

"그럼 자네 손자 소원이나 들어 보자고."

과연 어떤 소원을 빌까.

신유철은 묘한 기대를 하며 서하에게로 향했고 모든 관중
이 허리를 숙였다.

◆ ◈ ◆

이번에도 국왕 전하가 직접 행차하셨다.

모든 관중들이 허리를 숙여 예를 표한 뒤 침묵했다.

"작년에 비해 둘 다 실력이 많이 늘었구나. 놀라운 비무였다."

"성은이 망극하옵니다. 전하."

"그래, 이런 좋은 걸 보여 줬으니 소원을 말해 보아라."

나는 국왕 전하를 살짝 올려 보았다.

내 소원이 무엇인지 궁금해하시는 눈치였다.

작년의 소원은 상혁이를 위한 것이었다.

운성에서 차별받는 상혁이를 위해 그를 우승시켜 주었고
은악을 받아 천광과 훗날 사용할 자금을 확보했다.

한마디로 내 욕심을 채우는 그런 유의 소원은 아니었다.

'날 시험해 보고 계신다.'

내가 자신의 욕심을 채우는 다른 대가문의 자제와 같은지,
그게 아니라면 무언가 더 현명한 소원을 빌지 궁금해하시는

것이 분명했다.

하지만 나의 소원은 정해져 있다.

나는 사람들의 눈치를 본 뒤 말했다.

"이번 2차 북대우림 원정에 제가 참여하는 것을 허락해 주시면 감사하겠습니다."

관중들은 들리지 않게끔 작게 말한 소원.

내 소원에 전하는 표정을 굳히고 말했다.

"2차 원정이 있다는 건 어떻게 알고 있는 거냐?"

알 사람은 다 아는 사실이지만 나 같은 생도가 알 만한 정보는 아니었다.

하지만 이것도 뒷배가 있다.

나는 슬쩍 아린이를 본 뒤 말했다.

"제가 화강 유 씨의 은인이니까요."

유현성의 정체를 아는 것은 후암의 단원들을 제외하고는 딱 두 명뿐.

바로 나와 전하뿐이다.

후암의 단장은 전하가 직접 임명했으니 말이다.

전하는 유현성을 돌아본 뒤 말했다.

"하하하, 이거 참. 내 직속 부대인데 말이야."

"죄송합니다."

"아니야, 자네가 신뢰할 정도라면 그만한 인물이라는 것이 겠지. 그래서 어떻게 할까?"

25

전하는 만족한 얼굴로 할아버지에게 물었다.

할아버지는 심각한 얼굴로 나를 바라보다 마지못해 입을 열었다.

"전하가 원하시는 대로 하시면 되실 거 같습니다."

할아버지는 국왕 전하에게 모든 선택권을 넘겼다.

다행이라면 국왕 전하는 나의 소원을 마음에 들어 하고 있다는 것이었다.

비록 앞으로 10년도 못 사실 분이나 아직은 이 나라의 정점이며 또 그 어떤 왕보다 강한 분이다.

점수를 따 놓아서 나쁠 것은 없다.

"얘기를 들어 보니 1차 북대우림 원정 때도 선인을 도와 무사들을 구출하는 데 앞장섰다지?"

"그렇습니다."

유현성이 보고한 것일까?

전하는 후암의 주인이셨으니 저 정도의 정보는 가지고 있는 게 당연하다.

"그렇다면 북대우림 지형도 잘 알겠구나."

"맞습니다."

"좋아. 임시로 특별 상급 무사의 지위를 주마. 그리고 원정에 있어 원하는 것이 있다면 말하도록 하라. 웬만한 요구는 전부 들어주라고 전해 놓을 테니."

"성은이 망극합니다! 전하!"

상급 무사.

생각보다 높은 직위를 받은 데다가 어느 정도의 권한도 받은 셈이었다.

무려 국왕 전하가 직접 내가 말하는 건 들어주라고 명령을 내린 셈이니 말이다.

전하는 흐뭇하게 웃으며 할아버지의 어깨에 손을 올렸다.

"너무 걱정하지 말게. 뛰어난 선인들을 옆에 붙일 생각이니까. 나도 자네 손자가 살아 나왔으면 좋겠네."

"자기 선택이니 어쩔 수 없지요."

할아버지는 미소와 함께 말했다.

"네가 선택한 길이니 꼭 살아 돌아오너라. 그러면 더욱 강해질 수 있을 테니까."

"그러도록 하겠습니다."

그렇게 국왕 전하와 할아버지가 멀어지고 유현성이 나에게 다가와 말했다.

"괜찮겠느냐? 북대우림은 쉬운 곳이 아니다."

"잘 준비해서 가 보겠습니다."

죽을 생각은 추호도 없다.

하지만 죽을 수도 있으니 정신을 바짝 차려야만 한다.

이제 원정 참가는 확정을 지었으니 만반의 준비만 하면 된다.

'상급 무사가 된 건 다행이야.'

그래도 어느 정도 발언권은 가질 수 있으리라.

"그리고 지금은……."

나는 박민주와 함께 부상 상태를 확인하고 있는 상혁이를 돌아봤다.

아마 부러졌을 것이다.

일단 상혁이부터 챙기도록 하자.

이강진은 신유철과 함께 이동했다.

그렇게 두 사람만 남자 신유철은 크게 웃으며 말했다.

"하하하! 소원이 원정대 참가란 말이지. 타고난 영웅이구먼! 타고난 영웅이야."

이강진은 살짝 미소를 지었다.

마음에 걸리지 않는다면 거짓말일 것이다.

손자가 선인들도 생존을 보장할 수 없는 북대우림 원정에 참여한다는 것이 편할 수만은 없었다.

하지만 본인이 원했고 거기다 국왕 전하도 원하고 있었다.

신유철은 기분 좋게 술을 한잔한 뒤 말했다.

"슬슬 유민이를 소개해 줘야겠네."

"유민 왕자님을 말입니까?"

"그래. 내가 저번에 말하지 않았나? 무과에 통과한 뒤 어느 정도 실력을 쌓으면 소개해 줄 생각이었지만 생각보다 자네 손자 성장이 빠르군."

"그래도 아직 무과도 통과하지 않았습니다. 시기상조가 아닐지요."

"아니, 꽤 급하네."

신유철은 사뭇 진지한 얼굴로 말했다.

"태민이와 건하는 열정의 상징이 되어 가고 있네. 열정적이며 진보적인 젊은 세대들의 주축이 되어 사람들을 끌어모으고 있지. 그에 비해 유민이는 어떤가? 가만히 앉아 책을 보며 책사들과 토론만 할 뿐 그 어떤 매력도 보이지 않아."

"그것이 서하와 무슨 관계가 있습니까?"

"당연히 관계있지."

신유철은 흥분해서 말했다.

"만약 서하가 북대우림 원정에서 살아 돌아온다면? 큰 전공이라도 세운다면 어떨 거 같나? 태민이와 건하의 세대는 몰라도 적어도 서하의 세대는 전부 자네의 작은 손자 쪽을 따르겠지."

신유철은 기분 좋은 미소를 지었다.

상상만 해도 즐거웠다.

"서하가 유민이의 검이자 무력의 상징이 될 걸세."

이서하는 생각보다도 더 만족스럽게 성장하고 있었다.

영웅이 되어 손자를 비춰 주는 찬란한 태양이 되기를.

이강진은 아무런 말을 하지 않았다.

모두가 자신의 욕심으로 움직인다.

모든 것은 국왕 전하가 원하는 대로.

충성심으로 똘똘 뭉친 그에게는 국왕 전하가 기뻐한다는 사실만이 중요할 뿐이었다.

"그럼 당장 내일 유민이에게 소개해 줘야겠군. 자네는 시간 괜찮은가?"

"물론입니다. 전하."

또 다른 손자가 정치권으로 나가는 순간이었다.

그렇게 독담이 끝나고 이강진은 숙소로 돌아왔다.

그리고 그런 그를 아들 이상원이 기다리고 있었다.

"상원이구나. 기다리고 있었느냐?"

"유 가주님에게 들었습니다. 서하가 2차 북대우림 원정에 따라간다고요."

"그거 말이냐? 서하가 원했고 전하께서 허락하셨다."

"하지만 막을 수 있지 않았습니까?"

상원은 태산과도 같은 아버지 앞에 섰다.

"아버지라면 막을 수 있지 않았습니까?"

"왕명이다. 나도 막을 수 없다."

"그런 소리 하지 마십시오. 막을 수 있었지 않습니까?"

"왕명은 거스를 수……."

"그딴 소리를 들으러 온 것이 아닙니다!"

상원은 흥분해 외친 뒤 한숨을 내쉬었다.

"북대우림이 어떤 곳입니까? 선인들도 목숨을 장담할 수 없는 오지입니다. 불과 1년 전엔 홍의선인을 비롯한 원정대마저 전멸당하지 않았습니까!"

군에서는 전력의 9할 이상이 손실을 보았을 경우 전멸로 명시한다.

명확한 기준이 있기에 고작 몇 명 살아 나왔다고 전멸은 아니라는 그런 말장난은 통하지 않는다.

"그런 곳에 진짜로 손자를 보낼 생각입니까? 무슨 짓을 해서도 막아야 하지 않습니까?"

"서하가 원했고, 이는 왕명이다. 너도 네 아들이 원하는 것을 그냥 믿어 줄 필요도 있다. 서하는 이제 어린아이가 아니야. 자기 인생은 자기가 선택할 수 있다."

"그런 말이 나오십니까?"

상원은 허탈하게 뒤로 물러나며 말했다.

"언제는 잘못된 방향으로 가는 것을 용납할 수 없다고 하시지 않으셨습니까? 그런데 지금은 명백히 잘못된 길로 가는 손자를 두고 보시는군요."

"왕명이라고 하지 않았느냐! 국왕 전하께서 자신의 장남을 서하에게 맡기려고 하신다. 그게 얼마나 영광된 일인 줄 아느냐!"

국왕 전하는 서하를 의지하고 있었다.

그것이 신하로서 얼마나 영광스러운 일인지 왜 이해를 못

할까?

상원은 질린다는 듯 이강진을 바라보다 말했다.

"……아무리 그래도 전 아버지를 이해할 수 없습니다. 죽으면 그게 다 무슨 소용입니까?"

상원은 서하를 찾아 밖으로 나갔다.

의원이 되겠다는 상원을 집에서 내쫓아 가면서까지 허락하지 않던 고집불통 아버지다.

그런 그가 손자에게, 그것도 사지로 걸어가는 손자에게는 자유로운 선택 같은 말을 운운하고 있다는 것을 믿을 수가 없었다.

막아 주길 바랐다.

자기가 의원이 된다고 했을 때 막아 주었던 것처럼 절대로 북대우림 원정에는 갈 수 없다고 단호히 말해 주기를 바랐다.

그렇게 상원이 사라지고 이강진은 상원의 뒤를 바라보다 적당한 돌에 걸터앉았다.

"이제 나도 잘 모르겠다."

이강진은 그렇게 중얼거렸다.

속으로는 상원이 왜 화가 났는지를 알고 있었다.

공청석유를 흡수하는 데 성공한 서하를 보았을 때.

이강진은 새로운 고수의 등장에, 그리고 그것이 자신의 손자임에 전율했다.

하지만 상원은 아들이 살아 있음에 감사할 뿐이었다.

그때 생각이 들었다.

서하가 죽었다면 어떻게 되었을까?

고통을 이기지 못하고 미쳐 버렸다면 어떻게 되었을까?

그것을 감당할 수 있겠는가? 감당할 마음의 준비를 하고 허락했던 것일까?

순간 머리를 망치로 맞은 느낌이었다.

하지만 이번 일은 왕명이었다.

왕명은 거스를 수 없다.

충성심.

그것만이 이강진을 움직이는 원동력이었으니까.

"늙어 가는구나."

늙으니 잡념이 많아지는 것만 같다.

그렇게 생각이 많아지는 밤이었다.

◆ ◆ ◆

"뼈가 제대로 부러졌구나."

"어쩔 수 없죠. 일검류 기술을 몸으로 받았는데 안 죽은 게 어딥니까? 하하하."

약선은 상혁을 힐끗 올려 본 뒤 말했다.

"서하 그 우라질 놈은 2차 북대우림 원정에 참여한다더군. 기껏 제자가 생겼는데 없어지게 생겼네."

"이 팔로는 갈 수 없겠죠?"

"정확하게 말하지. 그 실력으로는 갈 수 없다."

약선의 말에 상혁은 고개를 숙였다.

이번 성무대전에서는 서하와 호각이었으나 그건 극양신공을 사용하지 않은 서하였다.

저 나이에 벌써 상급 무사급.

하지만 상혁에게는 고작 상급 무사급으로만 들렸다.

"서두르지 마. 내년이면 따라잡을 수 있을 거야."

약선 또한 상혁의 재능을 눈여겨보고 있었다.

오직 기본만 있던 이 꼬마는 1년간 말도 안 되는 성장 속도를 보여 주었다.

이 성장 속도가 유지된다는 전제하에 졸업과 동시에 선인이 될 수도 있다.

"길게 봐라. 네가 필요하면 그놈이 말할 테니까."

"그렇겠죠."

상혁은 가만히 미소와 함께 일어났다.

"봐주서서 감사합니다."

"한 달은 검을 휘두르지 말고 뼈나 붙여. 무리하면 병신 되는 거 순식간이다."

"명심하겠습니다."

상혁은 미소와 함께 걸어 나오다 표정을 굳혔다.

아무것도 할 수 없다.

서하의 원정에 힘이 되어 줄 생각이었지만 실력도, 상황도 상혁을 허락하지 않았다.

비참한 심정이다.

"……수련이나 하자."

내공심법과 보법 같은 건 충분히 수련할 수 있다.

잠시도 쉴 생각이 없다.

서하를 따라가려면 아직 멀었으니까.

희대의 천재는 그렇게 필사적으로 변해 가고 있었다.

결승전 다음 날.

나는 놀라서 온 아버지를 설득하느라 저녁 시간을 전부 쓸 수밖에 없었다.

유현성은 도대체 그걸 그대로 아버지한테 말할 건 또 뭐람.

아니, 바로 보고를 하는 것이 옳긴 옳은 일이지.

어차피 늦든 빠르든 내가 말해야 하는 일이었으니 말이다.

어쨌든 아버지는 결국 나를 이기지 못했다.

자식 이기는 부모 없다고 하지 않던가.

할아버지도 아니고 나의 아버지는 결코 아들을 이길 수 있는 사람이 아니다.

"지금부터 신유민 왕자님을 보러 갈 것이다. 긴장되느냐?"

"긴장되네요."

"무슨 이야기가 오고 갈지는 알 수 없지만 너라면 잘 해낼 수 있을 것이다."

지금 나는 할아버지와 신유민 태자를 보러 가고 있다.

처음 신유민을 만나러 간다고 했을 때 나는 내 귀를 의심했다.

물론 신유민과의 만남은 내 계획 중 하나였다.

하지만 이렇게 일찍 만나게 된다니.

그것도 국왕 전하의 주선으로 말이다.

'일이 잘 풀린다.'

생각보다도 일이 잘 풀리고 있었다.

신태민이 왕좌를 가지게 되면 그때부터는 암부와 은월단, 그리고 신태민 세력으로 나뉘어 전쟁이 시작된다.

분열된 왕국은 은월단과 나찰에게 패배하고 결국에는 멸망의 길로 접어든다.

'반대로 신태민을 도와 분열 없이 그를 왕으로 만들까 생각도 했었지만.'

그렇게 되면 은월단과 암부에게도 어느 정도의 혜택을 줄수밖에 없다.

깨끗하게 왕이 되지 못하면 평생 그 굴레를 벗어날 수 없다.

조금 힘들더라도 신유민을 왕으로 만들어야 한다.

'왕궁은 처음이네.'

회귀 전, 나는 왕궁에 들어와 본 적이 없다.

고작 근위대에도 들어가지 못한 하급 무사가 따위가 감히 발 디딜 수 없는 곳이었다.

하지만 지금은 국왕 전하의 손님으로 할아버지와 함께 와 있다.

지나가며 만나는 관료들마다 모두 허리를 숙이며 나를 바라봤다.

훗날 내가 왕궁에 입성할 때 오늘 본 관료들을 다시 보게 될 것이다.

나는 꼿꼿하게 허리를 세웠다.

여기서 주눅 들면 안 된다.

첫인상은 중요하니 말이다.

그렇게 수많은 관료를 지나 인영전(延英殿)에 도착했다.

꽃을 늘어놓는다는 뜻의 인영전에는 수많은 서책이 들어 있었다.

왕국에서 가장 위대한 서고.

할아버지는 나의 등을 때리며 말했다.

"안에 계신다. 들어가 보도록 해라."

"할아버지는 같이 안 가십니까?"

"전하께서 늙은이들이 있으면 솔직한 대화가 불가능할 거라고 하시더군. 그러니 일단 저하와 둘이서 대화해 보거라."

부담스럽다.

태자와의 독대라니.

나는 고개를 끄덕인 뒤 인영전 앞으로 향했다.

앞을 지키고 있던 무사들이 나를 바라봤고 나는 호패를 꺼내 들며 말했다.

"청신의 이서하입니다. 태자 저하를 뵈러 왔습니다."

그러자 무사들은 바로 길을 비켜 주었다.

문을 열기 전 나는 신유민의 정보를 다시금 상기했다.

사실 신유민에 대한 기록은 많이 남아 있지 않았다.

역사는 오직 승자의 기록만을 적는다.

덕분에 신태민에 대한 기록은 많이 남아 있었으나 신유민에 대한 기록은 편향적으로만 남아 있었다.

대표적인 기록인 실록에는 이렇게 적혀 있었다.

신유민은 병약해 무공 수련을 하지 않았으며 인영전에서 책만 읽어 현실 파악을 못 했다.

하지만 이 실록만 믿기에는 이상한 점이 많다.

첫 번째로 국왕 신유철은 신유민을 높이 평가했다.

왕국 역사상 손에 꼽힐 정도로 현명하고 강인했던 왕이 고작 맏손자이기에 그러한 평가를 했다고는 생각할 수 없다.

'이유가 있겠지.'

그리고 그 이유를 찾아볼 때였다.

"실례하겠습니다."

인영전의 문을 열고 들어가자 수많은 서책이 눈에 들어왔다.

하나같이 진귀한 것들뿐이다.

정치, 전술, 전략, 농업, 지리 등등.

이 세상의 모든 지식이 모여 있는 곳.

그 안쪽으로 신유민이 보였고 옆에는 한 남자가 서 있었다.

나는 두 사람의 앞으로 가 말했다.

"처음 뵙겠습니다. 태자 저하. 청신의 이서하라고 합니다."

자리에 앉아 책을 응시하던 신유민은 무표정하게 시선을
올렸다.

하얀 얼굴에 윤기 나는 검은 머리.

살짝 미소를 띤 남자는 30대라고는 믿지 못할 만큼 동안이
었으나 풍기는 분위기는 70대의 노인과도 같았다.

신유민은 빙긋 웃으며 나를 보고는 옆의 남자에게 말했다.

"이제 왔느냐? 그럼 해우는 나가 있거라."

"네. 태자 저하."

해우라고 불린 중년의 남자는 살짝 고개를 숙인 뒤 내 옆을
스쳐 지나갔다.

이윽고 신유민은 바로 입을 열었다.

"와서 앞에 앉아라."

"네."

착석하자 그는 바로 본론으로 들어갔다.

"할아버지가 말씀하길 너를 내 얼굴로 세우라고 하더구나.
할아버지의 판단이니 틀릴 일이 없겠지만 그래도 직접 확인
해 봐야 할 거 같아서 말이야."

"물어보고 싶으신 거라도 있으십니까?"

"물어보고 싶은 거야 많지. 너도 뜻이 맞지 않는 주인을 섬기고 싶지는 않을 거 아니냐. 할아버지가 추천한 사람이니 잠재력은 있을 테고. 그럼 성향만 맞으면 되겠구나."

신유민은 그렇게 말하고는 책 몇 권을 내밀었다.

대부분 역사책이었고 몇 가지는 사상가들이 집필한 서적들도 있었다.

"내가 멍청한 사람은 별로 좋아하지 않아서 말이야. 읽어 본 책은 있나? 한 권이라고 읽어 봤으면 좋겠는데."

신유민의 말은 전부 직설적이었다.

약간은 상대를 내려다보는 듯한 느낌도 들었지만 그건 왕자님이니 당연한 일이다.

오히려 신유민의 인상은 권력자보다는 학자에 가까웠다.

자기가 관심 있는 분야를 이야기할 때는 눈빛이 살아나는 걸 보면 알 수 있다.

나는 신유민이 내민 책들을 살폈다.

역사서들은 당연히 다 읽은 것들이다.

성무학관에서 가르치는 정식 기록은 아니었으나 당대에 내로라하는 역사학자들이 자신만의 해석을 적은 것들이었다.

하지만 이 역사서들은 편협한 정보를 가지고 있다.

왕실과 왕국에 나쁜 이야기를 검열하기 때문이다.

그런 것들은 불온서적으로 찍혀 전부 태워져 찾기 힘들다.

'이런 역사책으로 대화하길 원하는 거 같지는 않은데…….'

나는 역사책들을 옆으로 밀고 슬쩍 신유민을 바라봤다.

반응이 없다.

"이런 역사책들은 전부 읽어 보았습니다. 꽤 다른 해석을 적어 놓은 것처럼 보이지만 대부분 왕국과 왕실을 찬양하는 책들일 뿐이죠. 그에 비해서 이것들은……."

나는 야사를 꺼내 들었다.

"불온서적이 아닙니까? 읽어 볼 수 없는 것들인데요."

"하하하, 아는 걸 보니까 읽어 본 거 같은데?"

물론 읽어 보았다.

불온서적 중에서도 실패한 사상가, 혹은 비판적인 역사가들의 질 좋은 책들이 많았다.

평민들에게는 허락되지 않았으나 학자들은 이 글을 읽고 분석하기를 원했기에 전부 불태워지지는 않았다.

회귀 전, 왕국이 무너지기 시작하며 이 서책들이 시중으로 풀리기 시작했고 나는 심심풀이 삼아 이것들을 읽었다.

덕분에 서역과 제국, 그리고 여러 정보를 얻을 수 있었다.

"이건 서역의 공화정에 관해 적은 책이네요. 현 체제의 문제점을 지적하는 책입니다. 그리고 이건 국군주의를 통해 제국이 된 휘(輝)나라에 대해 분석한 책. 그리고 이건 현 왕실에 대한 비판만 열심히 적은 책이네요. 이 정도면 대화할 수 있을까요?"

나는 솔직하게 말했다.

내가 본 대로 신유민이 정치가가 아니라 학자라면 이러한 대답을 좋아할 테니 말이다.

신유민은 즉각적으로 반응했다.

"오! 그걸 다 읽어 보았단 말이냐? 어떻게?"

"그냥 어쩌다 보니……."

현재로서는 찾기도 힘든 책들이었기에 뭐라고 대답할 수가 없었다.

다행히도 내가 이 책들을 어떻게 읽었냐는 것은 신유민에게 그리 중요하지 않은 듯싶었다.

그는 미소와 함께 말했다.

"그래, 그래서 말인데, 내 생각에 대해 평가를 해 주었으면 하네. 그 책들을 전부 읽었다면 대화가 되겠지."

"알겠습니다."

"현재 왕국에는 세 가지의 신분이 있어. 나와 같은 왕족, 땅을 가진 양반들, 그리고 가지지 못한 평민. 난 이 경계가 무너져야 한다고 생각해."

"……이유가 무엇이죠?"

평민이야 그것을 바라 마지않을 것이다.

좋게 보자면 공화정을 하자는 것인데 왕권주의에서 공화정으로 넘어가는 건 불가능에 가깝다.

권력을 잡은 자들이 절대 허락하지 않을 것이기 때문이다.

만약 이들이 허락한다고 하더라도 그건 공화정이 아니라

공화정인 척하는 왕권주의가 될 것이다.

결국 힘 있는 것들이 지도자를 돌아가며 할 것이니 말이다.

더군다나 이 신분제의 꼭대기에 있는 신유민이 이것을 왜 한다는 것인가?

신유민은 나의 질문에 생각할 것도 없다는 듯 말했다.

"그래야 나라가 더 강해지니까."

나라가 더 강해진다.

체재가 바뀐다고 나라가 강해지지는 않는다.

나는 조금 더 들어가 보기로 했다.

"어떻게 말이죠?"

"서역의 제국이 그렇게 했었으니까. 신분제의 가장 큰 장점은 통제야. 왕이 양반을 통제하고 양반이 평민들을 통제하지. 만약 위기가 찾아오면 엄격한 통제 아래 모두가 한뜻으로 해결할 수 있어. 하지만 치명적인 단점은 발전이 없다는 것이야."

왕권주의는 발전이 느리다.

왕과 대가문의 힘 싸움으로 새로운 제도를 만들기 힘들고 대가문의 자식들은 공정한 경쟁 없이 대를 이어 고관직을 차지한다.

이를 어떻게든 고치기 위해 평민도 무과에 응시할 수 있도록 바뀌었지만 제대로 된 교육의 기회도 얻지 못하기에 웬만한 재능으로는 불가능한 것이 사실이다.

그리고 힘겹게 무사가 되면 뭐 하나?

평민들은 괄시받고 위험한 원정이나 다니다 죽거나 다쳐 은퇴한다.

이 나라는 그렇게 서서히 약해지고 있었다.

왕권주의의 국가는 엄청난 천재가, 그것도 대가문이라는 한정된 가문에서 나오지 않는 한 결코 부강해질 수 없는 구조이다.

나는 고개를 끄덕이며 말했다.

"네. 서역 제국 말씀이시군요."

난 직접 그 제국을 눈으로 보았다.

장점도 단점도 명확했다.

하지만 감상을 말할 필요는 없겠지.

"서역의 제국이 강해진 이유는 모두가 자신의 역량을 낼 수 있었기 때문이지. 검만 잡으면 무신이 될 수 있는 아이가 밭일하고, 좀도둑이나 되어야 할 놈이 장군이 되는 우리와 같은 사회가 아니기 때문이야."

평등한 기회가 아니어도 좋다.

최소한의 기회만 있어도 송곳은 주머니를 뚫고 나올 것이다.

"그러니 궁극적으로는 신분 제도를 없앨 생각이다. 모두가 최소한의 기회를 받으면 알아서 자기의 위치를 찾아가겠지."

나라를 강하게 만들겠다.

그것이 신유민의 유일한 목표였다.

하지만 그의 목표에는 크나큰 결함이 있다.

"만약 그렇게 된다면 왕권도 위험해질 것입니다."

양반은 왕권을 지탱하는 기둥이다.

대가문이 있기에 왕이 있는 것이고, 왕이 있기에 대가문이 있는 것이다.

양반과 평민의 경계가 무너진다.

그것은 곧 왕권이 무너진다는 뜻과 같다.

"왕이라는 존재가 사라질 수도 있습니다. 그래도 그렇게 하시겠습니까?"

나의 말에 신유민은 살짝 미간을 찌푸리며 말했다.

신유민은 어떤 사람일까?

권력 욕심이 있는 사람일까?

아니면 대의를 위해 자신을 희생할 수 있는 사람일까?

그는 생각도 하지 않고 대답했다.

"뭐가 문제지?"

신유민은 빙긋 웃었다.

"나라가 더 강해질 수 있다면 내 자리 정도는 버릴 수 있지."

신유민은 권력자가 아니다.

내가 본 대로 그는 학자다.

오직 자신의 가설을 증명하고 싶어 하는 학자.

'그렇기에 정치적으로는 약하다.'

학자는 정치를 하지 않기 때문이다.

나는 신유민을 향해 고개를 숙였다.

"왕자님의 뜻에 따르겠습니다."

부국강병(富國强兵).

그것이 신유민의 뜻이었고 내가 바라 마지않는 목표였다.

내가 만드는 판에 딱 적절한 왕(王)이 올라왔다.

이제 대국(對局)을 시작할 수 있다.

Chapter 28.

신유민과 그가 만들어 갈 왕국에 대해 이야기를 하는 사이 벌써 저녁이 되었다.

나는 일방적으로 듣기만 했다.

이상주의적인 신유민의 계획은 실현되기 힘들겠지만 방향성은 옳다고 생각한다.

식량 개혁을 일으켜 인구를 늘리고.

늘어난 인구가 역량을 다할 수 있도록 최소한의 기회를 주고.

그렇게 무사들이 늘어나고, 문관이 늘어난다면 나라는 저절로 강해진다는 이론이다.

안다. 현실성은 없다.

하지만 그저 권력에 미쳐 있는 신태민보다는 100배 나은 군주다.

결국 모두 나라를 위해 하겠다는 것이니 말이다.

"즐거운 대화였어. 북대우림 원정에서 돌아오면 다시 얘기하지."

신유민만 말한 거 같지만 즐거웠다면 좋다.

그렇게 원정은 회귀 전과 별로 달라진 것 없이 준비되어 가고 있었다.

군단 편성이 끝나고 지휘관이 결정되었다.

나는 1번 군단의 상급 무사로 배정되었다.

이 또한 내가 특별히 요청한 것이었다.

군단은 총 2개.

서쪽으로 진군하는 서도영의 1번 군단과 동쪽으로 진군하는 이건하의 2번 군단이다.

이건하는 큰 피해 없이 진군해 전초 기지를 세운다.

문제는 서쪽으로 진군하는 1번 군단.

고작 500명뿐인 2번 군단과 비교해 1번 군단은 1,000명으로 병력의 수가 더 많았으나 이번 2차 원정에서 전멸당한다.

나는 그 전멸을 막고 원정을 성공적으로 이끌어 내야 하는 사명이 있다.

출발은 이틀 뒤.

이제 정말로 시작이다.

앞으로의 일을 생각하고 있을 때 강무성이 말했다.

"후우, 나도 가고 싶은데. 소원에 내 이름도 말하지 그랬냐?"

강무성은 깊은 한숨과 함께 말했다.

최효정도, 나도 참가하는 곳에 강무성은 참가할 수 없었다.

김지환의 일이 아직 남아 있기 때문이었다.

아직도 김지환의 시체는 발견되지 않았고 성무학관의 교관들에게는 어마어마한 압력이 가해지고 있었다.

강무성 또한 2학년 담당 교관이자 성무대전을 담당한 교관으로 그 책임을 피하기 힘들었다.

조금 미안하기도 했으나 차라리 다행이다.

강무성은 힘이 되어 주겠지만 역으로 그가 당해 버릴 가능성도 있다.

이번에는 내 힘으로 할 수 있다.

그러기 위해 지금까지 준비했고 극양신공을 사용하면 확실히 선인급의 힘을 낼 수 있다.

'아직 폭주가 심하면 몸이 못 버티지만.'

외공 수준이 내공 수준을 따라가지 못해 몸이 붕괴할 수 있지만, 고작 일각도 지속할 수 없던 과거와 비교하면 강해진 것은 분명하다.

강무성의 도움 없이도 가능할 것이다.

"많이 강해졌으니 괜찮을 겁니다. 걱정하지 마세요."

"너를 걱정하는 건 아니야. 넌 무슨 일이 있어도 살아올 거 같거든."

강무성은 착잡한 얼굴로 말했다.

"효정이 잘 부탁한다. 내가 부탁해서 같은 부대에 넣어 달라고 좀 할게."

"안 그래도 저도 그걸 부탁하려고 했었습니다."

원래 최효정은 이건하의 군단에 배정된다.

하지만 이번에는 그렇게 놔두지 않을 생각이었다.

이건하랑 정분이라도 나면 지금까지 해 온 게 다 물거품이 된다.

이게 다 저 연애 고자 강무성 때문이다.

최효정이 없는 호감 있는 호감 다 드러내는데 조심한다는 이유로 다가가질 못한다.

"이래서 숙맥들은 안 된다니까."

"뭐?"

나는 고개를 흔들며 말을 돌렸다.

"아닙니다. 최효정 선인님한테는 제 말을 꼭 들어 달라고……."

"안 그래도 전해 놨다. 어지간히 미친 소리를 해도 네 말을 들으라고 말이야."

"감사합니다."

최효정은 실력 좋은 선인이다.

거기에 주변 평가도 좋은 만큼 내 목소리를 대신해 줄 수 있을 것이다.

이틀 뒤.

2차 북대우림 원정이 시작된다.

◆ ◈ ◆

늦은 밤.

아티카는 대담하게 수도로 들어와 있었다.

작은 체구에 붉은 눈. 은발 머리와 뿔을 삿갓으로 가린 아티카는 인간 소년, 소녀와 크게 다를 것이 없어 보였다.

이주원이 지배하는 홍등가.

아티카는 홍등가 구석에 있는 한 기방에 도착해 안으로 들어갔다.

"어머, 꼬마가 여긴 웬일이니?"

아티카는 당황한 눈으로 여자를 돌아봤다.

아티카가 나찰인 것을 눈치채지 못한 이들은 눈높이를 맞추며 말했다.

"안녕? 누구 찾으러 왔니? 아니면 누나랑 놀러 왔어?"

"……그, 그게!"

"어머, 너 진짜 잘생겼다."

기녀의 행동에 당황한 아티카는 아무런 말도 못 하고 얼굴을 붉혔다.

쑥스럽기 때문은 아니었다.

극한의 당황.

지극히 사회관계가 좁은 아티카는 친하지 않은 사람, 특히
이성의 접근에는 면역력이 없었다.

"꺼, 꺼, 꺼……."

"꺼?"

꺼지라고 말하고 싶지만 입이 떨어지지 않는다.

"아, 껴안아 달라고? 그럼 우리 들어가서……."

"거기서 뭐 합니까?"

그 순간 구세주처럼 이주원이 나타났다.

기녀는 이주원을 발견하자마자 활짝 웃으며 말했다.

"어머, 방주님. 방주님 손님이었어요?"

"그래, 내 손님이야."

"그럼 그렇다고 말하지. 확 잡아먹을 뻔했잖아요."

여자는 싱긋 웃고는 아티카의 앞에 손을 흔들어 주었다.

"그럼 누나는 갈게."

아티카는 침을 삼키며 지나가는 여자를 바라보다 말했다.

"저, 저 여자는 뭡니까?"

"기녀입니다. 남자를 잘 다루는 기술자죠."

"아주 불쾌합니다!"

아티카는 씩씩거리며 안으로 향했다.

약속 장소에는 또 다른 나찰이 있었다.

장발의 나찰은 민소매 옷을 입고 있었으며 그의 몸에는 상처가 가득했다. 선 얇은 근육질 몸매는 마치 조각과도 같다.

나찰은 슬쩍 아티카를 보고는 말했다.

"이제 왔나? 꼬마. 꽤 당황한 거 같던데."

"나준. 보고 있었으면 좀 도와 달라고."

"내가 왜? 재밌던데."

표정 하나 변하지 않고 말하던 나준의 앞으로 이주원이 앉았다.

"인사를 나누었으면 일에 관해 이야기해 볼까요? 2차 북대우림 원정이 코앞입니다. 몇 가지 변경 사항이 있어서 말씀드립니다."

나준은 고개를 갸웃했다.

"변경 사항?"

"네, 이서하라는 아이가 참가할 겁니다. 지금까지 우리의 계획을 방해했던 아이죠. 그래서 선생은 작전을 살짝 바꾸려고 합니다."

"어떻게?"

"나준 씨는 이 이서하라는 무사를 생포해 주세요. 인상착의는 그림으로 알려 드리겠습니다."

"생포? 죽이지 말고?"

"선생은 물어보고 싶은 게 많으신가 봅니다."

"그러지."

55

암살에 특화된 능력을 갖춘 나준에게는 어려운 일이 아니었다.

하지만 한 가지는 확인해야만 한다.

"만약 생포가 힘들다고 판단되면 죽여도 되나?"

"그러는 편이 낫겠죠."

"알았다."

"나는? 나는 뭐가 달라져?"

아티카는 신이 나서 외쳤다.

"아티카 씨는 만약의 사태를 대비해 최대한 많은 양의 마수를 준비해 달라고 합니다."

"최대한 많이?"

"네, 최대한 많이. 부릴 수 있는 마수를 전부 사용해 주세요. 2번 군단은 무시해도 됩니다. 하지만 1번 군단은 기필코 전멸시켜야 합니다."

"그거야 쉽지. 그럼 2번 쪽으로는 최소한만 보낼게."

아티카는 특별했다.

아니, 정확하게 말하자면 아티카의 혈통이 특별한 것이다.

나찰은 혈통에 따라 특별한 능력을 타고났다.

네르갈처럼 간단한 능력부터 바르파처럼 복잡한 능력까지.

그리고 또 하나.

혈통에 따라 부릴 수 있는 마수의 수가 달랐다.

그런 의미로 나준이 부릴 수 있는 마수의 수는 세 마리였다.

그에 비해 아티카는 3,000마리.

보통 나찰들이 한두 마리, 많게는 열 마리 정도의 마수를 부린다는 것을 생각한다면 어마어마한 수였다.

그리고 이러한 혈통을 나찰들 사이에서는 이렇게 불렀다.

왕의 혈통.

왕가에 가까운 혈통만이 천 마리가 넘는 마수를 다스릴 수 있다.

그만큼 아티카는 선생에게도, 나찰에게도 중요한 전력이다.

"이번에는 무슨 수를 써서라도 이건하를 영웅으로 만들어야 합니다. 그래야만 신태민 왕자님이 앞서 나갈 수 있으니까요."

"그러지."

"그럼 오랜만에 오셨으니 음식이라도 즐기다 가시죠."

나준은 이주원이 나가는 것을 확인한 뒤 말했다.

"아무리 그래도 인간들 명령 따르는 건 달갑지 않네."

"왜? 난 좋기만 한데."

아티카는 뒤통수에 깍지를 끼며 말했다.

"우리끼리는 이렇게 많은 인간들을 죽일 수 없었을걸? 아니, 나는 이미 죽었겠지."

가족들이 눈앞에서 전부 죽는 것을 경험한 아티카는 뼛속부터 인간들을 증오했다.

선생이 누군지는 모르지만 인간들을 죽일 수 있게 해 주는 것만으로도 그를 따를 가치가 있었다.

"여왕님이 있었으면 인간들 없이도 가능했겠지."

"배신자라면서 여왕 타령하기는."

나찰들 또한 자기들만의 역사를 기록했다.

그리고 역사 속 여왕은 전쟁 영웅이자 배신자였다.

인간과 사랑에 빠져 동족을 배신한 존재.

그것이 여왕에 대한 인식이었다.

그렇기에 나찰들 사이에서는 나준처럼 여왕의 핏줄이 어딘가 있기를 바라는 이들도 있었으며 아티카처럼 혐오하는 이들도 있었다.

"난 돌아갈래. 인간 음식은 먹기 싫어."

"맛있는 건 인정해야 하지 않나? 숲속에서 대충 구운 고기보다는 훨씬 나은데 말이야."

"됐어. 너나 많이 먹어라."

밖으로 나온 아티카는 삿갓으로 얼굴을 가리고 걷기 시작했다.

인간을 죽인다.

최대한 많은 인간을 죽이다.

그것이 아티카의 인생 목표였다.

'따지고 보면 이게 다 여왕 때문이다.'

애초에 여왕이 배신만 안 했다면 나찰이 이토록 몰릴 이유가 없다.

그렇게 다른 생각을 하며 걸을 때였다.

무언가 거대한 존재감이 아티카의 앞을 지나갔고 그는 생각할 틈도 없이 고개를 들었다.

거대하고도 아름다운 음기.

처음 느껴 보는 황홀한 기운에 아티카는 숨을 쉴 수가 없었다.

유아린.

달빛에 비친 아린의 얼굴을 본 아티카는 그대로 멈췄다.

마치 시간이 멈춘 것처럼.

천천히 걸어오는 아린의 얼굴을 바라볼 수밖에 없었다.

"……!"

자신과 가장 닮은 기.

그러나 여자는 나찰이 아니다.

그런데 왜 이렇게 가슴이 아릴까?

아티카가 멍하니 바라보자 아린도 시선을 돌렸다.

눈이 마주치자 아티카는 황급히 고개를 내렸다.

하지만 이내 다시 고개를 든다.

눈이 저절로 아린을 찾는 것이다.

그렇게 눈을 마주치는 순간 아린은 살짝 미소를 짓고는 지나갔다.

아티카는 자기도 모르게 고개를 돌려 아린을 바라보다 중얼거렸다.

"……예쁘다."

인간인가? 아닌가?

묘한 심장의 떨림에 아티카는 한동안 자리를 뜨지 못했다.

◆ ◈ ◆

원정 당일.

나는 강무성의 말대로 최효정과 같은 부대에 배치되었다.

제1군단장 서도영의 일장 연설이 끝나고 모두 자신의 짐을 챙겨 행군을 준비했다.

"서하 말 잘 듣고. 알았지?"

"아, 쟤가 내 말을 들어야지 왜 내가 쟤 말을 들어? 너 이상해. 강무성."

"감이 좋은 애야. 내가 말했잖아. 북대우림 원정 때도 내가 숲에 들어갔던 건……."

"알았어. 무당이라고. 들었어. 들었어."

저기까지 말해 놓고 자기가 구한 건 못 말했단 말인가.

저 인간도 한심하다.

그렇게 바라보고 있을 때 내 옆으로 아린이가 다가왔다.

"이제 출발하는 거야? 몸조심해. 무리하지 말고."

의외로 담담한 아린이었다.

따라가겠다고 난리를 칠 줄 알았는데 조금은 서운하다.

아니, 서운해서는 안 된다.

어차피 아린이를 데리고 갈 생각은 없었다.

아린이가 전장으로 나오는 것은 미루면 미룰수록 좋다. 그녀도 나처럼 내공이 비교할 수 없을 정도로 높았고 이를 전부 폭주시키면 몸이 버티지 못할 것이다.

아마 나와 관계된 일이라면 죽음을 각오하고 폭주하겠지.

그런 상황은 만들고 싶지 않다.

적어도 아린이가 자기 힘을 온전히 사용할 수 있을 때.

그때 전장으로 같이 가자.

"응. 무리 안 할 거야. 딱 전공만 세우고 무사 복귀할게."

그렇게 말한 나는 뒤에 서 있는 상혁이를 바라봤다.

팔이 부러진 녀석은 침울하게 말했다.

"난 따라가고 싶었는데."

"팔 부러졌으니까 어쩔 수 없지. 쉬고 있어. 내후년에는 싫어도 같이 임무 나갈 거니까."

3학년이 되고 무과에 통과하면 다 같이 정식 무사가 되어 임무에 참가하게 될 것이다.

그때까지는 두 사람이 충분히 성장해 줬으면 한다.

"그럼 갈게."

모두가 작별 인사를 끝내고 북대우림으로 향한다.

이중에 얼마나 많은 이가 죽을까?

얼마나 많은 이들이 눈물을 흘릴까?

나는 그렇게 역사 속으로 향했다.

◆ ◇ ◆

2차 북대우림 원정의 주축 중 하나인 1군단은 총 10개의 중대로 이루어져 있었다.

한 명의 백의선인이 100인의 무사들을 이끌었고 내 중대의 대장은 최효정이었다.

그 밑으로 상급 무사들이 10명에서 많게는 20명까지 배치되었고 중급 무사와 실력 좋은 하급 무사들도 함께였다.

나는 행군을 하다 슬쩍 뒤를 돌아보았다.

상급 무사들의 표정이 좋지 않았다.

몇몇은 노골적으로 나의 뒤통수를 뚫어져라 노려보고 있었다.

'당연한 건가?'

무과도 통과하지 못한 고작 16살짜리 꼬마가 상급 무사라는 직책을 달고 부대장이 되었으니 아니꼬울 수밖에 없다.

그렇게 북대우림으로 행군하기를 한참.

휴식 시간이 찾아오고 최효정은 나를 놀리듯 말했다.

"이야, 그 나이에 이런 중대의 부대장을 맡는 건 너뿐일걸? 기대가 커. 잘해 줘."

"믿어 주신 만큼 보답하겠습니다."

"아하하하, 그렇게 딱딱하게 말하지 마. 우리 초면도 아니잖아? 무성이 제자니까 이 누나가 잘해 줄게. 네 실력은 잘 알고 있기도 하고."

"제 실력을요?"

최효정이 내 실력을 알 기회는 없었을 텐데 말이다.

"강무성이 얼마나 칭찬하는지. 걔가 무공 쪽으로는 지는 걸 죽기보다 싫어하거든. 근데 네 얘기를 할 때는 항상 자기보다 커질 거라면서 자랑하더라고."

그 인간이?

조금 감동인데.

그보다 좋아하는 여자를 만나서 내 얘기만 했다는 거야?

생각보다도 이상한 인간이다.

"그리고 의술이 있는 사람이 있으면 좋지. 죽지 않아도 될 부대원이 죽을 일도 없고."

"그렇겠죠."

잠깐.

내가 약선님의 제자라는 걸 최효정에게 말했었나?

뭐 강무성이 내 얘기를 많이 했다면 알고 있어도 이상할 게 없다.

"다만 우리 부대원은 그렇게 생각하지 않을 거야."

"알고 있습니다. 뒤통수가 타들어 가는 거 같더군요."

"그래? 눈치는 있네."

확실히 산전수전 다 겪은 무사들에게 나는 머리에 피도 안 마른 어린애처럼 보일 것이다.

"네 명령을 따르게 하려면 꽤 노력해야 할 거야. 부대장이 무시당하면 그 부대는 제구실을 못 하니까."

"명심하겠습니다."

이번에는 밥을 잘 짓는 정도로는 안 될 것이다.

막내들이야 밥 잘하고 싹싹하면 귀염받지만 지휘관은 다르다.

무조건 실력.

남들이 인정할 수밖에 없는 실력을 보여 줘야 한다.

'첫 번째 전투 때는 늦을 텐데.'

전투가 벌어지기 전에 나를 증명해야만 한다.

'일단 서열 정리부터 해야겠다.'

이 부대는 내 작전의 핵심이 되어야만 한다.

수족이 자기 마음대로 움직이지 않으면 무슨 일을 하겠는가?

'이번 휴식 시간에 해야만 한다.'

행군 중 휴식은 단 두 번.

한 번의 식사와 약 두 시진 정도의 취침이 전부였다.

그러니 이번 식사 시간에 서열을 정리할 필요가 있다.

난 주먹밥을 먹는 최효정에게 말했다.

"선인님. 이번에 서열 정리 좀 하고 가야 할 거 같습니다."

"너무 심하게는 하지 마. 한 명이라도 다쳐서 이탈하면 그만큼 손실이니까. 알았지?"

"걱정하실 필요 없습니다. 털끝 하나 안 건드릴 생각이거

든요.”

“서열 정리한다며? 그럼 비무하겠다는 거 아니야?”

“에이. 그러다 다치면 어떡합니까?”

비무 같은 방법 말고 더 확실하게 내 능력을 보여 줄 방법
이 있다.

“제가 말하는 대로 해 주시겠습니까?”

“무슨 생각인데?”

나는 최효정에게 나의 계획을 털어놓았다.

그리고 그때였다.

“실례하겠습니다. 선인님. 상급 무사 정길영이라고 합니다.”

내 예상대로 상급 무사들이 비장한 얼굴로 다가왔다.

◆ ◈ ◆

북대우림 초입부터 상급 무사 중 최고참인 정길영은 앞에
걸어가는 꼬마를 보며 인상을 찌푸렸다.

“이런 말도 안 되는…….”

청신의 미래니, 빛이니 뭐니 하는 것은 알겠다.

어린 나이에도 여러 차례 원정대에 참가해 어느 정도 실력
을 선보인 것도 알고 있다.

그리고 대성무대전에서 우승한 뒤 2차 북대우림 원정에 참
가하고 싶다고 말할 정도로 야심 있는 아이인 것도 알겠다.

그래도 부대장은 아니지 않나?

경험도 실력도 없는 아이에게 부대장 역할을 준다고? 절대로 인정할 수 없었다.

"형님. 아무리 그래도 저 꼬마가 부대장인 건 좀 아니지 않습니까?"

정길영은 상급 무사들 사이에서 큰형님과 같은 존재였다.

계급이 같다면 짬밥이 전부인 세계다.

상급 무사로 40대가 넘을 때까지 임무를 수행했다는 것만으로도 정길영은 선임 대우를 받을 만했다.

"원래는 형님이 부대장을 해야 하는 거 아닙니까?"

정길영은 살짝 미소를 지었다.

후배의 입에 발린 소리였지만 기분이 나쁘지 않았다.

어느 정도는 동의하기도 하고 말이다.

하지만 정길영은 한숨과 함께 말했다.

"선인님의 선택이니 어쩔 수 없지."

군대에서는 계급이 전부다.

선인의 말에 상급 무사가 딴죽을 걸 수는 없다.

"선인이라고 해 봤자 20대의 철없는 여자 아닙니까? 잘못된 선택을 할 때는 조언도 해야 하는 법입니다."

30대의 상급 무사들이 보기에는 최효정도 어리기만 한 선인이었다.

"막말로 선인님에게 무슨 일이라도 생기면 저 무과도 통과하지 못한 꼬마가 우리를 이끌게 됩니다. 그래서는 안 되지 않습니까? 형님이 부대장 자리에 올라가는 것이 맞습니다."

"맞습니다. 형님. 한마디라도 해야 합니다. 상급 무사들은 모두 형님을 지지합니다."

정길영은 미소를 지었다.

이 정도로 많은 상급 무사들이 지지해 준다면 충분히 자신이 부대장으로 올라갈 수 있을 것이다.

아무리 선인이라도 경험 많은 상급 무사들의 간언을 대놓고 무시할 수는 없을 테니까.

"흐음, 부대장 자리가 탐나는 것은 아니지만 이대로 가면 문제가 생길 수도 있으니 어쩔 수 없구나. 그래, 내가 얘기해 보지."

"감사합니다."

이윽고 앞에서 누군가가 소리쳤다.

"휴식!"

북대우림에서의 첫 휴식이 시작되고 대충 식사를 마친 정길영은 바로 상급 무사들을 모아 최효정에게로 향했다.

"실례하겠습니다. 선인님. 상급 무사 정길영이라고 합니다."

이서하와 함께 있던 최효정은 기다렸다는 듯이 고래를 돌리며 말했다.

"그래, 말해 봐."

"부대장 인선에 관한 것입니다. 이서하 상급 무사가 어떤 이력을 가졌는지는 알지만, 부대장이 될 실력도, 경험도 부족하다고 봅니다."

정길영은 행군하며 생각했던 말을 토씨 하나 틀리지 않고 자신만만하게 말했다.

"이에 저희 상급 무사들은 부대장 임명을 재고해 주시기를 청합니다."

"어머? 그렇게 생각해?"

최효정은 손가락을 까닥이다 말했다.

"내 생각에는 이서하만 한 부대장감이 없는데 말이야. 나만 그렇게 생각하나?"

상급 무사들은 살짝 표정을 굳혔다.

아무리 선인이라도 한참이나 어린 여자에게 무시당하고 기분이 좋을 리 없다.

최효정은 말을 이어 갔다.

"뭐, 너희들이 인정하지 못하면 의미가 없겠지. 그럼 실력이라도 확인해 볼까? 너희들도 한 번은 우리 부대장 실력을 직접 봐야지. 안 그래, 부대장?"

"그렇죠. 저도 그렇게 생각합니다. 저 또한 상급 무사님들의 실력을 보고 싶습니다."

정길영은 살짝 인상을 찌푸렸다.

"그럼 비무라도 제안하시는 겁니까?"

"아니. 비무를 하다 다치기라도 하면 웃기잖아? 임무 중에 서로 치고받고 싸우다가 다쳐서 복귀하면 평생 놀림거리가 될 텐데. 내 평판도 안 좋아질 테고. 그래서 말인데, 내력 대결은 어때?"

내력 대결이라는 말에 상급 무사들이 살짝 인상을 찌푸렸다.

"내력 대결 말입니까?"

"그래, 다치지 않고 서로의 실력을 확인할 좋은 방법이지."

내력 대결 방법은 단순하다.

손바닥을 대고 서로 내공을 방출해 상대를 밀어내는 것이다.

입학시험에서 이서하와 강무성이 했던 바로 그것이다.

서로의 실력을 비교적 안전하고 빠르게 확인할 방법이었지만 정길영은 망설였다.

"흐음."

이유는 이서하가 청신 집안의 자제이기 때문이다.

보통 대가문의 자제들은 어렸을 적부터 단계적으로 영약을 복용해 그 나이 대에는 상상도 할 수 없을 정도로 강한 내공을 가지고 있었다.

아무리 상급 무사라도 그런 대가문의 자제와 일대일로 내력 대결을 펼치기는 부담스러웠다.

그때 이서하가 나서서 말했다.

"사실 내력만으로는 무공 실력을 가늠하기는 힘들죠. 그러니 세 분이 동시에 덤비시는 건 어떻습니까? 그 정도면 저를 부대장으로 인정해 주실 수 있겠습니까?"

"오, 그래. 그게 괜찮겠네."

최효정까지 맞장구를 치지만 정길영을 비롯한 상급 무사들의 표정은 썩어 들어갔다.

내력 대결을 1 대 3으로 하겠다고?

이건 무시를 해도 너무 무시한 것이다.

정길영은 바로 대답했다.

"그거 좋네요. 그러면 저희도 인정할 수 있겠습니다."

"그럼 대표 3인을 뽑아 나오도록. 이서하, 너도 준비됐지?"

"언제든 가능합니다."

정길영은 작게 숨을 내쉬며 후배들을 돌아봤다.

"여기서 내력이 가장 강한 두 놈이 누구냐?"

그러자 실력에 자신 있는 두 무사가 앞으로 걸어 나왔다.

정길영은 바로 작전을 말했다.

"둘 다 나에게 있는 대로 기를 불어넣어라. 최대한 담은 뒤한 번에 공격할 것이야."

"그랬다가는 내상을 입을 수도 있습니다. 전하의 신임을 받는 청신의 도련님에게 내상을 입혔다가는…….."

"그 정도 실력이 안 되면 지금 떨어져 나가 주는 게 도와주는 거다."

철없는 도련님이 뭣 모르고 날뛰기 전에 집으로 보내는 것도 나쁘지 않으리라.

"알겠습니다."

준비를 마친 정길영은 이서하의 앞으로 걸어갔다.

'오늘이 너의 흑역사가 될 거다.'

모두에게 칭송받는 도련님에게 좌절을 줄 생각이었다.

◆ ◈ ◆

모두 계획대로군.

나는 올라가는 입꼬리를 억지로 내렸다.

최효정은 내 부탁대로 자연스럽게 내력 대결을 유도했다.

내가 압도적으로 이길 수 있는 분야이기 때문이다.

공청석유를 마신 그 순간부터 내공만큼은 웬만한 선인 못
지않다고 볼 수 있다.

아니, 색의를 입은 선인들도 초월했을 수 있다.

내 몸은 자연과 같고, 지금 이 순간에도 북대우림의 원기가
흡수되고 있었으니 말이다.

상급 무사 셋 정도는 손쉽게 제압할 수 있다.

"준비됐습니다. 시작하시죠."

정길영의 뒤로 두 명의 상급 무사가 섰다.

뒤의 두 무사가 기를 정길영에게 보내면 그가 방출하는 형
식이다.

나는 정길영과 한 손을 맞대고 말했다.

"그쪽이 먼저 공격하시죠. 제가 받겠습니다."

보통 내력 대결은 동시에 기를 방출한다.

하지만 그랬다가는 방심했다는 둥, 준비가 안 되었다는 둥 변명을 할 수 있다.

서열 정리를 할 때는 변명의 여지가 없게 밟아야 한다.

예전에 내가 이준하에게 했던 것처럼 말이다.

"그러시겠습니까? 그럼 여유롭게 준비하죠."

정길영은 희미한 미소를 짓고 기를 모으기 시작했다.

이렇게나 오랫동안 기를 모은다는 것은 나를 보내 버릴 생각이다.

'그래 차라리 이게 낫지.'

전력을 다해야 상대도 후회가 없을 테니 말이다.

이윽고 정길영이 말했다.

"그럼 제가 먼저 공격하겠습니다."

이윽고 엄청난 기가 나의 손을 타고 흘러들어 왔다.

대상이 일반적인 상급 무사였다면 내상을 입을 만큼 대단한 양이었다.

하지만 나는 일반적이지 않다.

공청석유를 마셨을 때와 비교하면 손톱 때만도 못한 수준이다.

나는 진지한 얼굴로 전력을 다하는 정길영을 향해 미소를 지어 보여 주었다.

"이게 전부입니까?"

"……!"

정길영이 놀라는 표정을 짓는 동시에 나는 기를 방출했다.

펑! 하는 소리와 함께 정길영과 상급 무사들이 하늘을 날았다.

적당히 조절했으니 내상을 입거나 하지는 않았을 것이다.

나는 놀란 상급 무사들을 돌아보며 말했다.

"이 정도면 인정하실 수 있겠습니까?"

충분한 연출이었다고 생각한다.

◆ ◈ ◆

최효정은 서하가 내력 대결을 하는 것을 지켜보았다.

'자신이 있어서 했겠지만.'

상급 무사들은 우습게 볼 수 없다.

특히나 이 북대우림 원정에 참여한 이들은 실력과 경험을 인정받아 분대장의 자리를 차지한 이들이었다.

'하긴 여기서 내상을 입으면 돌려보내는 게 맞지.'

최효정에게 있어서 이서하는 부담스러운 존재였다.

철혈의 손자이자 강무성의 제자.

거기에 자신에게는 생명의 은인이다.

그런 이서하가 북대우림 원정에 따라오겠다고 말했을 때

는 어떻게든 말리고 싶었다.

한 번 조원들을 모두 잃어버린 적이 있기에 더욱이.

최효정이 생각에 잠겨 있을 때 내력 대결이 시작되었다.

"그쪽이 먼저 공격하시죠. 제가 받겠습니다."

서하는 자신 있게 말했다.

보통 다수와 내력 대결을 할 때는 상대가 기를 한곳으로 모으기 전에 속전속결로 승부를 봐야만 한다.

지구전으로 가면 세 사람을 상대로 압도하기 힘들기 때문이다.

하지만 이서하는 정반대의 작전을 선택했다.

'변명의 여지도 없게 만들려는 것이겠지만.'

과연 통할까?

이윽고 상급 무사들이 기를 방출했고 이서하가 그것을 받아쳤다.

펑! 하는 소리와 함께 상급 무사 셋이 날아가고 최효정은 눈을 동그랗게 떴다.

'물리력으로 밀어낸 거 같은데?'

내력 대결은 보통 상대의 몸에 기를 밀어 넣어 내상을 입히는 것이다.

기를 물리력으로 바꾸는 것이 더 힘들기 때문이다.

'대단한데?'

상대에게 내상을 입히지 않으면서도 자신의 내공 수준을

뽐낼 수 있는 방법이다.

상급 무사들의 얼떨떨한 표정을 보며 최효정은 미소를 지었다.

"강무성이 제대로 보았네."

훗날 철혈님처럼 무신이 될 자질이다.

그 평가가 왜 나왔는지 알 것만 같았다.

'판단력이 중요하지.'

무사들에게는 무공 실력만큼 판단력 또한 중요하다.

제아무리 무공이 뛰어난들 물불 못 가리고 달려들다가는 더 강한 자를 만나 죽기 십상이다.

하지만 뛰어난 판단력을 갖춘 무사라면 초고수가 될 때까지 살아남을 수 있다.

'아니, 북대우림에 들어온 그 순간부터 판단력은 별로인 건가?'

최효정은 혼자 피식 웃고는 말했다.

"자, 그럼 다들 인정하는 거지?"

서하의 실력을 의심하는 자는 이제 아무도 없었다.

성무학관에 남은 유아린은 홀로 수련 중이었다.

서하의 말대로 북대우림 원정에는 따라갈 수 없었다.

아니, 서하가 허락을 했더라도 아직 무과를 통과하지 못한 그녀가 정식 무사로 북대우림 원정에 따라가는 것은 불가능했을 것이다.

그렇기에 원정대가 출발하고 밤이 되기만을 기다렸다.

아린은 뒤를 돌아보며 말했다.

"도윤 오라버니."

"네, 아가씨."

정도윤이 어디선가 날아와 한쪽 무릎을 꿇었고 아린은 그에게 말했다.

"저 먹고 싶은 게 있어요."

"말씀만 하십시오. 금방 구해 오겠습니다."

"신평 대게가 먹고 싶어요."

"……"

정도윤은 아린을 올려 보았고 그녀는 미소와 함께 말했다.

"지금 사 와 주실래요?"

"지금 말입니까? 문을 연 상점가가……."

"지금요."

아린은 단호하게 말했다.

"지금 당장 먹고 싶습니다. 오라버니."

"……금방 다녀오겠습니다."

시장도 문을 닫은 이 시간에, 제철 음식도 아닌 신평 대게를 구하는 것은 아무리 정도윤이라도 힘든 일이다.

그것을 알기에 보낸 것이다.

아린은 육감으로 주변에 남은 후암이 있는지를 확인한 뒤 발걸음을 옮겼다.

그녀가 향한 곳은 강무성의 사무실이었다.

"실례하겠습니다."

"들어와라."

강무성은 여전히 김지환 수색 작전에 골머리를 앓고 있었다.

"무슨 일이냐?"

"북대우림으로 갈 생각입니다. 같이 가시죠."

강무성은 황당한 얼굴로 아린을 쳐다봤다.

다짜고짜 들어와서 북대우림에 같이 가자니 그게 뭔 소리인가?

"뭔 소리야? 북대우림?"

"네, 북대우림으로 갈 생각입니다. 서하를 따라가야죠. 도울 일이 있을 겁니다. 분명."

"없어."

강무성은 딱 잘라 말했다.

북대우림은 위험하다.

1,000명이라는 많은 수의 무사들을 끌고 들어간 원정대의 생존도 보장할 수 없는데 고작 단신으로 들어가 뭘 할 수 있단 말인가.

그리고 서하도 아린이 북대우림을 따라오는 것을 원하지

않을 것이다.

만약 원했다면 어떤 수를 써서라도 데리고 갔겠지.

"허락할 수 없다. 돌아가."

"허락을 받으러 온 것이 아닙니다. 같이 가자고 온 거죠."

아린은 강무성의 앞으로 걸어가 말을 이었다.

"지금까지 서하가 어떤 일을 하며 다녔는지 아십니까?"

"……어느 정도는."

"서하는 항상 도움이 필요한 곳으로 달려갔습니다. 우연인
지 필연인지 서하는 자신이 필요한 곳에서 필요한 역할을 해
주었죠."

반대로 말하면 서하가 가는 곳마다 문제가 일어난다고 볼
수 있었다.

추풍고원이나 은악의 비고 때처럼 예상하지 못한 문제도
일어났으나 대부분의 사건은 미리 알고 있었던 것처럼 대처
했다.

그런 서하가 성무대전 우승 특전을 사용해서까지 북대우
림으로 향했다.

"서하는 알고 있는 겁니다. 이번 북대우림 원정에서 무언
가 문제가 일어날 거라는 걸. 그리고 그걸 막기 위해 간 것이
틀림없습니다."

"그래서? 도와주러 가겠다고?"

"그래야죠."

78

서하는 항상 혼자서 모든 것을 하려고 한다.

이번에도 그러했다.

팔이 부러진 상혁이는 성무학관에 남았고 나찰의 힘을 가진 아린에게조차 도움을 요청하지 않았다.

오죽하면 강무성도 두고 갔다.

언제나 혼자서.

그냥 혼자서 묵묵히 걷는다.

그러니 도와 달라고 말하기 전에 옆에 딱 붙어 같이 걸어야만 한다.

"언제나 힘든 일만 있었습니다. 이번에도 위험하겠죠. 제가 없었으면 죽을 뻔한 적도 있습니다. 그러니까 가야 합니다."

바르파와의 전투에서 아린이 없었다면 서하는 죽었을 것이다.

그러니까 더욱 앉아서 기다릴 수는 없다.

"전 갈 겁니다. 안 가실 거라면 혼자 출발하죠."

"……."

강무성은 생각에 잠겼다.

아린의 말이 맞다.

서하는 항상 무언가를 아는 것처럼 행동했다.

최효정을 구하러 들어갈 때도 이서하는 마치 예상했다는 듯 딱딱 상황에 맞게 행동했다.

아린은 망설이는 강무성을 향해 말했다.

"그리고 만약 서하가 실패하면 최효정 선인도 죽습니다. 그건 알고 계시죠?"

"……."

"난 당신처럼 앉아서 후회하진 않을 겁니다."

"에이, 씨."

강무성은 짜증스러운 한마디를 내뱉으며 외투를 챙겼다.

"간다! 가! 망할. 제자한테 저런 소리 듣고도 가만히 있을 수는 없지."

아린은 살짝 미소를 지었다.

"진작 그러시지. 낭비한 시간이 얼마입니까?"

"쯧, 사람은 신중하게 움직일 필요도 있는 거야."

"서둘러 움직여야 할 때도 있는 법이죠."

"너도 한마디를 안 지는구나. 서하 닮아서."

"오늘 들은 말 중 가장 기분 좋은 말이네요."

"……무슨 너희 학년은 이상한 애들만 있어? 미치겠네 진짜."

"빨리 출발하죠. 곧 제 담당 경호원이 올 테니까요."

정도윤이 오기 전에 빠르게 사라져야만 한다.

그렇게 강무성과 유아린은 단둘이 북대우림으로 향했다.

◆ ◈ ◆

서열 정리 이후 밤이 찾아왔다.

두 시진밖에 없는 취침 시간.

나는 정길영과 몰래 챙겨 온 꽃주를 한잔하며 낮의 일을 털어 냈다.

"하하하! 엄청난 실력이십니다. 아니, 16살에 어떻게 그런 실력을 갖추셨습니까?"

정길영은 언제 그랬냐는 듯이 바짝 엎드렸다.

무사들의 사회는 간단하다.

강하고 능력 있는 자가 갑이다.

같은 편이라면 그가 모두를 살릴 것이고, 적이라면 모두를 죽일 것이기 때문이다.

"정 무사님 생각대로 영약 도움이 컸죠. 물론 영약 먹다가 미쳐 버릴 뻔하긴 했지만요."

"그렇죠. 영약으로 그 정도 내공을 쌓으려면 그 고통이 말이 아니었을 겁니다."

정길영이 나를 따르기 시작하자 그보다 어린 상급 무사들도 하나둘 모여들기 시작했다.

역시 남자들 친해지는 데는 술만 한 것이 없다.

꽃주를 많이 챙겨 오지는 못했으나 그래도 상급 무사 모두에게 한 잔씩은 줄 수 있었다.

"모두 부상 없이 가족의 품으로 돌아갈 수 있기를 바랍니다. 건배."

"건배!"

그렇게 모두 첫날 밤을 보낼 때였다.

"이서하. 작전 회의다. 따라와."

최효정이 나를 불렀다.

작전 회의에는 각 백인대의 대장들과 부대장이 참석한다.

발언권은 미미하지만 작전의 개요를 전부 알고 있어야 하기 때문이다.

그렇게 들어간 천막 안에는 1군단장인 서도영이 지도를 바라보며 고심하고 있다.

'서도영. 해남(海南) 서씨의 장자.'

해남(海南) 서씨는 성도 섬 바로 밑에 있는 거대한 도시다.

예로부터 뛰어난 무사들을 배출한 이름 있는 무가(武家).

남쪽의 국경을 담당하는 만큼 실력 좋은 무사들도 많았으나 그것도 다 옛말이다.

국경을 지키던 위대한 무가는 오직 관직만 원하는 정치 가문으로 변질되었고 해남은 이들에게 고용된 실력 좋은 평민 무사들이 지키고 있었다.

무공을 멀리하고 정치를 가까이하며 술과 여색만 탐하니 어찌 몰락하지 않을 수가 있을까?

그렇게 서도영을 바라보는 사이 각 백인대의 대장과 부대장들이 모였고 서도영이 작전을 설명하기 시작했다.

"정보부가 정한 전초 기지 후보지는 두 군데다. 나는 2번 후보지에 전초 기지를 펼칠 생각이다."

2번 후보지는 가장 안쪽 호수 옆이었다.

호수에서 식수도 확보할 수 있고 가장 안쪽에 있는 만큼 정찰용 전초 기지를 짓기에 가장 안성맞춤인 장소다.

하지만 문제는 거기까지 가는 길이 없다는 것이다.

천천히 길을 닦으며 가거나 아니면 코앞도 보이지 않는 빽빽한 나무를 뚫고 가야만 한다.

나와 같은 생각을 한 선인이 물었다.

"그럼 길을 만들며 행군하는 겁니까?"

길을 만들며 가는 게 맞다.

천천히 보급을 받으며 길을 만들고 호수 옆에 도착해 전초 기지를 쌓는다.

그럼 중간에 기습을 받더라도 충분히 대응할 수 있다.

하지만 그랬다면 북대우림에서 전멸 같은 건 당하지 않았을 것이다.

서도영은 무슨 소리를 하냐는 듯 한심하게 백의선인을 바라보다 말했다.

"그럼 2군보다 늦지 않겠느냐? 북대우림에 전초 기지를 처음으로 세우는 건 우리 1군단이 되어야 한다."

"아무렴요! 저희 1군단이 먼저 전초 기지를 완성해야만 합니다."

서도영의 부장들이 모두 그에게 아첨했다.

저 멍청이들 때문에 망했었구나.

"그럼 장소라도 바꾸는 건 어떻습니까? 1번 후보지는 위험을 감수하지 않아도 충분히 완성시킬 수 있습니다."

"하지만 그랬다가는 2군단과 비교당하겠지. 1번 후보지는 최악의 경우에만 선택하도록 한다."

서도영은 이미 마음을 정한 것만 같았다.

그의 완고함을 아는 이들은 모두 입을 다물었고 서도영은 작전 설명을 이어 나갔다.

"일단 최단 거리로 주파해 호수로 간다. 그곳에서 나무를 베어 진지를 만들고 수비 병력을 배치한 뒤 보급로를 닦는다."

순서가 잘못되었잖아.

보급로부터 만들어야지.

"하아."

나도 모르게 한숨이 나왔다.

내가 미래를 모르고 있었다고 하더라도 그림이 그려질 정도다.

매복에 당해 부대는 더욱 안쪽으로 몰려 들어가고 결국 보급로가 끊겨 전멸당한다.

생존자는 내 기억으로 약 10명 정도.

그들마저 없었다면 기록도 남지 않았을 것이다.

일단 준비해 온 첫 번째 수를 쓸 생각이다.

나는 손을 들며 말했다.

"실례하겠습니다. 발언해도 괜찮을까요?"

내 말에 서도영이 인상을 찌푸렸다.

저렇게 어린놈이 왜 여기 있어? 하는 얼굴이다.

그러자 부장이 말했다.

"이번에 국왕 전하의 지시로 합류한 특별 상급 무사 이서 하라고 합니다."

"아아, 청신의. 그래. 발언해 봐라."

"2번 전초 기지로 향하는 길에 다수의 마수가 매복하고 있다는 정보가 있습니다."

모든 이들의 이목이 나에게 쏠렸다.

나는 그런 이들에게 말했다.

"출처는 후암입니다."

모두 후암의 존재는 알고 있다.

국왕이 보유하고 있는 최고의 정보기관.

단장도 구성원도 알 수 없지만 그 존재만으로도 설득력을 가진다.

'이름 좀 빌려 쓰겠습니다.'

일단 작전부터 바꾼다.

Chapter 29.

Chapter 29.

　내 말에 모두가 침묵했다.

　"……그게 사실이냐?"

　한 백의선인의 질문에 나는 고개를 끄덕였다.

　"네, 국왕 전하께서는 이 전투의 정확한 승패를 알아보시고자 후암을 투입했습니다."

　물론 거짓말이다.

　후암은 그 수가 매우 적은 소수 정예다.

　오직 왕을 위해 정치적 정보를 모으는 것에만 치중하고 있었기에 이런 전장에는 잘 나오지 않는다.

　원정과 같이 공개된 정보는 일반 정보부만으로도 충분히

수집할 수 있으니 말이다.

하지만 다들 믿는 눈치다.

'내가 국왕 전하의 총애를 받고 있으니 말이다.'

철혈, 나의 할아버지와 죽마고우임과 동시에 나를 특별 상급 무사로 임명한 것이 바로 국왕 전하다.

이는 모두가 아는 사실이었기에 내 발언이 더 힘을 얻는 것이다.

나는 말을 이어 갔다.

"굳이 범의 아가리로 들어갈 필요가 없습니다. 1번에 진을 만들고 천천히 2번으로 진군하는 것은 어떻습니까?"

상식적인 인간이라면 적이 매복하고 있는 숲속으로 걸어 들어갈 리가 없다.

설령 매복이 있다는 것을 알아도 어떻게 대처할 방법이 없기 때문이다.

나는 서도영을 바라봤다.

"흐음, 그래? 대단한 정보를 가져와 줬구나. 큰일이 날 뻔했어⋯⋯."

그래도 최소한의 상식은 있는 사람인가?

"⋯⋯그러니 더 기합을 넣고 진군한다! 고작 마수의 매복 따위 손쉽게 격파할 수 있다."

방금 생각한 것은 취소다.

서도영이라는 저 작자.

최소한의 상식도 없는 머저리였다.

그러자 최효정이 나섰다.

"잠시만요. 장군님. 매복입니다. 한 치 앞도 제대로 볼 수 없고 나무에 가려 퇴로도 확보하기 힘듭니다. 알고 있다고 대처할 수 있는 수준이 아닙니다. 부디 다시 생각해 주십시오."

"최 선인은 마수가 무섭나? 하긴, 1차 북대우림 원정에서 험한 꼴을 보았으니 그럴 수 있지."

서도영의 말에 최효정이 표정을 굳혔다.

1차 북대우림에서 일어난 일을 알면서도 저렇게 비아냥거릴 수 있다니.

지금 당장 목이 날아가도 할 말이 없을 것이다.

다행히 최효정은 잘 인내했고 서도영은 계속해서 입을 놀릴 수 있었다.

"마수들은 군대와 다르다. 파괴 본능에 따라 움직이지. 소수와 소수가 싸울 때 전술은 별 의미가 없다. 하지만 다수와 다수가 싸울 때는 전술이 전부야. 마수에게 전술 따윈 없다. 그 어떤 식으로 공격을 해 오든 당황하지 않고 전술에 따라 싸운다면 인간이 질 수 없다. 그건 역사적으로도 증명되었지."

서도영의 말은 얼핏 들으면 일리가 있다.

하지만 전제가 틀렸다.

북대우림의 마수들은 군대로 움직인다.

최효정은 바로 그 부분을 지적했다.

"1차 북대우림 원정에서 마수들은 조직적으로 움직였습니다. 만약 매복하고 있는 마수들이 전부 조직적으로 움직인다면……."

"그럴 일은 없지."

서도영은 자신 있게 말했다.

"고작 10마리, 많게는 100마리 정도 조직적으로 움직인다고 무사가 천 명이나 있는 우리 군단에 위협이 되겠는가? 1차 북대우림 원정은 소규모 원정대를 꾸린 것이 실패 원인이라고 보고 있네만."

"……."

최효정이 무슨 말을 해도 안 통한다.

나는 슬쩍 말했다.

"왕족의 핏줄이라면 어떻습니까?"

"왕족?"

나찰은 혈통에 따라 힘을 타고난다.

그중에는 마수의 왕이라고 불리는 혈족이 있었다.

바로 나찰들이 여왕이라고 따르던 바로 그 혈족이다.

이들은 다른 나찰과 달리 수백, 수천까지도 마수를 지배할 수 있었다.

실제로 과거 나찰과 인간의 전쟁 때 여왕은 십만이 넘는 마수를 지배할 수 있다고 했었고 인간들을 패배 직전까지 몰고 가기도 했다고 한다.

나의 말에 모두가 침묵했다.

왕의 혈통을 물려받은 나찰.

인간의 상징적인 왕족과는 다른 의미를 지니는 존재들이
었다.

그렇게 모두가 심각한 얼굴로 침묵할 때 서도영이 깔깔거
리며 웃기 시작했다.

"하하하하! 그거 엄청난 가설이네. 하지만 그게 사실이면
더욱더 진격해 힘으로 이겨 내야지. 호랑이를 잡으려면 호랑
이 굴로 들어가라. 마수의 왕을 내 손으로 처단할 기회 아닌
가! 하하하! 정확한 규모와 정말로 왕이 있는지는 정보부가
가져다주겠지. 그럼 회의는 여기까지다."

나는 반론을 포기했다.

이거 더 말해 봤자 듣지도 않을 거 같다.

'이래서 망했구나.'

천막 밖으로 걸어 나오는 선인들의 표정이 하나같이 좋지
않다.

모두 아는 것이다.

적의 아가리로 들어가는 것이 얼마나 위험한 일인지를.

저 공명심 넘치는 장군님만 모르는 모양이다.

"아! 저거 완전 개또라이네! 저런 걸 왜 장군이라고 여기
보낸 거야? 뭐야? 왜 이래? 완전 맛 간 거 아니야?"

최효정은 성격이 나오고 있었다.

항상 웃던 그녀도 흥분해 얼굴까지 붉히고 있었다.

"후우, 탈영이라도 해 버려?"

100명이 다 같이 탈영해 버리면 참 볼만하겠다.

하지만 그건 방법이 될 수 없다.

'후암 이름을 대면 될 줄 알았는데.'

저렇게도 멍청한 놈이 총사령관일 거라고는 생각하지 못했다.

어쨌든 군대에서는 상관의 말이 곧 법이다.

"어떻게 할 거야? 후암에게서 들어왔다는 그 정보는 정확해? 매복의 위치와 정확한 기습 시간은 어떻게 되는 거야?"

"아니요. 정확하지 않습니다."

"뭐?"

"정보 출처가 후암이 아니에요. 그냥 제가 아는 사실입니다. 정확한 매복 위치도 모르고요."

최효정이 고개를 갸웃하며 나를 쳐다봤다.

"그게 말이야 방구야? 뭐야? 도대체 무슨 생각으로 그런 말을 한 거야?"

"매복이 있는 게 맞으니까요."

"……꽤 확신하네."

"확실합니다. 세세한 건 모르지만."

북대우림에 관한 기록은 한정적이다.

정보부도 정확하게 이 전투를 목격하고 기록하지 못했다.

정확한 매복 위치를 알 수 없고 매복의 규모도 정확하지 않다.

'그래서 사전에 막고 싶었는데.'

국왕 전하의 신임과 후암의 존재로 어떻게든 설득해 보려고 했으나 상관이 머저리일 줄이야.

나는 심호흡을 한 뒤 말했다.

"매복의 숫자는 많습니다. 그리고 조직적으로 움직이겠죠. 아마 왕가의 혈통을 이은 나찰이 명령을 내리고 있을 겁니다."

"그래, 그렇다고 치고. 만약 네 정보대로라서 그렇게 된다면 어떻게 할 건데?"

"싸워야죠."

군대처럼 조직적으로 움직이는 마수와 싸우는 방법은 딱 하나뿐이다.

그리고 이는 모든 무사가 알고 있다.

경험이 없을 뿐.

"저를 따라와 주시기만 하면 승산이 있습니다."

"뭔데? 자세하게 좀 말해 봐."

"그건 상급 무사님들과도 이야기해야 합니다. 빨리 이동하시죠. 다들 잠들기 전에."

걱정하지 말자.

정예 무사들이 천 명이나 있다.

이보다도 더 절망적인 상황에서도 나는 해냈었다.

'할 수 있다. 할 수 있다.'

처음부터 천 명을 전부 살려 나가겠다는 생각은 하지 않았다.

전장에 나온 이상 죽을 사람은 죽는다.

하지만 한 명이라도 더 살린다.

적어도 나의 백인대는 희생 없이 빠져나갈 수 있게끔.

'그 누구도 의미 없이 희생시키지 않겠어.'

부대장으로서의 책임감이었다.

'매복이다.'

정보부원 중 하나인 김예린은 몸을 숨기고 마수들의 움직임을 살폈다.

움직임이 심상치 않다.

'2번 후보지는 함정이다. 가서 알려야 해.'

정보부의 주목적은 정찰과 기록이다.

본대가 기습에 당하거나 함정에 빠지지 않게 정찰하고 전투를 기록해 수도 지휘실에 보고하는 것이 이들의 목표다.

그렇기에 전투는 하지 않는다.

'마수의 왕.'

김예린은 이 상황을 알고 있었다.

지금은 드문, 아니 최근 수십 년은 나타나지 않은 마수의 왕이다.

나찰들이 따르는 왕의 혈통.

그가 나타났다.

김예린은 뒤도 돌아보지 않고 나무와 나무 사이를 뛰어 1군단으로 이동했다.

'다행이야, 늦지 않았…….'

그렇게 동료를 발견한 그녀는 바로 옆으로 이동했다.

중요한 정보는 많은 정보부원이 알수록 좋다.

보고를 하러 가는 길에 무슨 일이 일어날지 모르니 말이다.

"마수가 조직적으로 움직이고 있어. 이건……."

보고하던 김예린온 이상함을 눈치채고 동료를 바라봤다.

인기척이 없다.

동료의 몸에는 단검이 박혀 있었고 이미 숨은 끊어진 지 오래였다.

그때 누군가의 목소리가 등골을 타고 귀로 들어왔다.

"네가 마지막이야."

"……!"

김예린은 소름 돋는 목소리에 검을 내질렀다.

푹! 하는 느낌과 함께 검이 나찰의 가슴을 뚫고 지나갔다.

"빠르네?"

정보부 조장인 김예린은 결코 약한 편이 아니었다.

정보부 안에는 몇 없는 선인 중 하나였으며 지금까지 수많은 수라장을 헤쳐 나온 경험 많은 무사였다.

'뭐야?'

심장을 찔린 것치고는 너무나도 여유롭다.

그렇게 생각하는 순간이었다.

"근데 그건 가짜."

뒤에서 들린 목소리에 고개를 돌리는 순간 또 다른 나준이 그녀의 목을 돌렸다.

우드득 소리와 함께 김예린이 나무 밑으로 떨어지고 나준은 주변을 살피며 말했다.

"다 처리했나?"

그러자 사방에서 나준의 분신이 날아와 고개를 끄덕였다.

정보부원은 전부 처리했다.

이제 1군단이 매복을 알아차릴 가능성은 완벽하게 사라졌다.

이윽고 한 인간 남자가 나준을 향해 걸어왔다.

나준은 그에게 말했다.

"그럼 이제 출발해."

고개를 끄덕인 남자는 바로 움직였다.

이주원이 준비한 가짜 정보부원이었다.

거짓 정보가 들어가면 1군단은 아무것도 모른 채 매복 한가운데로 들어오게 될 것이다.

오늘 할 일은 전부 끝났다.

그렇게 생각할 때였다.

"거기 나찰. 뭐 좀 물어보자."

나준은 화들짝 놀라 나무 밑을 바라봤다.

한 남자가 그를 올려 보며 손을 흔들고 있었다.

"여기야, 여기."

나준은 눈을 의심했다.

사실 정보를 다루는 사람들은 기척을 느끼는 자기만의 방법을 하나쯤은 가지고 있다.

나준에게는 육감과 비슷한 능력이 있었다.

하지만 저 남자는 기척조차 느껴지지 않았다.

만약 남자가 기습했다면 지금 나준은 목이 날아갔을 것이다.

"내려와 봐."

나준은 바로 나무에서 뛰어내린 뒤 남자를 바라봤다.

"난 천우진이라고 한다. 물어보고 싶은 게 있는데. 내일 작전이 어떻게 되지?"

"……그걸 내가 너한테 왜 말해 줘야 하지?"

"에이, 그러지 말고. 우리 같은 편이야. 나도 저 1군단에 죽여야 하는 사람이 있거든. 정보 좀 나눠 줬으면 하는데."

"꺼져라. 난 인간이랑 같이 일하지 않아."

"아, 이러면 귀찮아지는데."

천우진은 빙긋 웃은 뒤 나준을 향해 돌진했다.

나준은 기다렸다는 듯 반응했으나 어느새 천우진은 그의

코앞에 와 있었다.

'분명 아직 저기……!'

환영보(幻影步).

천우진은 나준의 목을 잡아 나무에 박은 뒤 말했다.

"어때? 이러면 같이 일할 생각이 드나?"

"크윽……!"

나준이 반격을 위해 손을 움직이려고 하자 천우진이 말했다.

"손을 조금만 더 움직이면 거절의 의미로 듣겠어."

나준은 바로 반격을 포기했다.

움찔거리는 것만으로도 움직임을 포착했다.

'내가 이길 수 없는 상대다.'

나준은 살짝 물었다.

"네 목표가 누구지? 그걸 알아야 도울 수 있다."

"이서하."

"이서하?"

나준은 살짝 눈을 돌리며 생각했다.

"아, 그 꼬마."

이주원이 생포하라던 꼬마였다.

그런데 그 꼬마를 죽여야 한다니.

생포해야 하는데 말이다.

'아니, 죽여도 된다고 했으니 상관없나?'

일이 하나 줄었다.

나준이 빠르게 머리를 굴릴 때 천우진이 말을 이었다.

"웅. 내가 그 친구를 꼭 죽여야 하거든. 내 손으로. 그러니까 협력 좀 해라. 너희도 좋잖아. 나 같은 전력이 들어오면."

"……그래, 좋아."

"그럼 정보를 말해 봐."

천우진은 나준의 목에서 손을 떼고 뒤로 물러났다.

나준은 목을 어루만지며 말했다.

"1군단. 병력은 천. 총대장은 서도영이라는 인물이다. 총대장은 별거 없는 놈이야."

"잠깐, 서도영이라고?"

나준은 고개를 갸웃했다.

천우진은 기쁜 듯 웃으며 물었다.

"정말 서도영인가?"

"확실하다. 얻기 어려운 정보도 아니고."

"하하하하하하! 그 서도영이가 총대장이라고? 아주 걸작이구만. 걸작이야. 그 멍청이가 총대장이란 말이지."

나준은 이해할 수 없다는 듯 천우진을 바라보다 말했다.

"아는 사람인가?"

"당연히 잘 알지!"

천우진은 살벌한 미소와 함께 말했다.

"걔 아빠를 내가 죽였거든."

악연은 아직도 이어지고 있었다.

◆ ◈ ◆

북대우림은 동서남북이 구분되지 않는다.

정보부에서 북대우림의 지도를 만들기 위해 밤낮으로 노력하고 있었으나 정확도는 매우 떨어진다.

그래도 호수, 강 같은 눈에 띄는 기준을 잡아 군사적 용도의 지도를 만들었으나 그것을 볼 수 있는 건 원정대의 총대장들뿐이다.

"그게 우리가 길을 잃는 이유지."

강무성의 변명이었다.

아린은 이해할 수 없다는 듯 인상 쓰며 말했다.

"도대체 천 명의 흔적을 어떻게 놓치는 거죠?"

"너도 놓쳤잖아."

"선인님만 믿었는데. 추적의 중요성을 열변하신 건 선인님 아니었나요?"

"……그래, 내가 잘못했다."

항상 서하에게는 따뜻한 말만 하던 그녀는 어느새 독설가로 바뀌어 있었다.

흔적을 놓친 이유는 간단하다.

망할 마수들이 그 큰 몸으로 인간들의 흔적을 다 없애 버렸기 때문이다.

여기저기 전부 흔적인데 뭐가 인간의 흔적인지 어떻게 알겠는가?

"야영 흔적을 못 찾은 걸 보면 잘못 가고 있는 것이 분명해요. 선인님은 한 번 들어와서 무사들을 구해 내지 않았었나요? 그때는 어떻게 하신 거죠?"

"그때는 반대편이었고 길은 서하가 다 안내해 줬었어. 그리고 고작 한 번 간 길을 어떻게 다 기억하냐?"

"저는 기억하는데요."

강무성은 아린을 올려 보았다.

잊고 있었다.

자기 제자들은 천재라는 것을 말이다.

"그래 너 잘났다."

"다들 그런 거 아니었나요? 서하도 그렇던데. 당연히 선인님도 그럴 줄 알았는데 실망이네요."

"너희 세대는 참 재수가 없구나."

"서하가 재수 없다는 말은 흘려들을 수가 없는데요."

"네가 재수 없다는 건 그냥 들을 수 있고?"

"그건 그렇게 틀린 말도 아니니까요. 상혁이도 가끔 그 말을 하거든요."

"……너도 정상은 아니구나?"

"정상이에요."

아린은 진지한 얼굴로 말했다.

"이제 제가 길을 찾아볼게요. 흔적으로 추적하는 건 아무래도 힘들 거 같으니까요."

"어떻게 찾아가려고?"

"글쎄요. 흔적이 없으니 기를 따라가야겠죠."

서하는 어디에 있을까?

아마도 태풍의 눈, 그 중앙에 있을 것이다.

언제나 그래 왔으니까.

아린은 북대우림에 만연한 음기의 흐름을 느꼈다.

이윽고 마수들의 움직임이 그녀의 육감에 포착되었다.

같은 육감을 익혔다고 하더라도 아린의 성장세는 서하의 것과는 달랐다.

특히 음기에 있어서는 수십 리 밖의 움직임도 포착할 수 있을 정도가 되었다.

"마수들이 움직이고 있어요."

"그걸 어떻게 알아?"

"전 괴물이니까요."

"……."

전혀 농담처럼 들리지 않았기에 대꾸도 할 수 없었다.

강무성은 잠시 생각하다 아린의 뒤에 서서 말했다.

"너만 믿고 간다. 달려."

"그럼 뒤처지지 말고 따라오세요."

"네가 걱정할 정도는 아니야."

아린은 바로 앞으로 달려 나갔고 강무성은 그 뒤를 따랐다.

'기다려. 서하야.'

이번에는 너의 힘이 되어 줄 테니.

◆ ◈ ◆

기상 뒤 서도영은 정보부원이 가지고 온 소식에 크게 기뻐
했다.

"마수의 수는 극히 적었습니다. 2번 호숫가까지는 아무 걱
정이 없이 진군할 수 있습니다."

"매복이 있다는 소식이 있었다는데."

정보부원은 살짝 인상을 찌푸리고는 고개를 갸웃했다.

"출처가 어딘지 알 수 있습니까?"

"후암이라고 하던데 말이야. 맞나?"

"후암은 전쟁터에 나오지 않습니다. 그들은 공식적인 일에
는 절대로 나서지 않습니다."

"하하하! 그렇지. 그래, 내가 그럴 줄 알았어. 무슨 생각인
지는 몰라도 그 꼬맹이가 헛소리를 했구만."

"끌고 올까요?"

부장의 말에 서도영은 손을 내저었다.

"아니, 그럴 필요 없다. 국왕 전하의 총애를 받는 아이야.

건드려서 좋은 것이 없다. 이번 일만 잘 풀리면 난 대장군의 자리에 올라갈 수 있어. 그때는 너희들도 함께다."

"감사합니다!"

부장들의 아첨을 들으며 서도영은 밖으로 나갔다.

"진군 준비! 오늘 안으로 호숫가로 간다!"

"넵!"

이제 그를 막는 것은 없었다.

두 시진의 짧은 취침 시간이 지나고 아침이 밝았다.

파란 하늘은 해가 떴음을 알려 주었으나 숲속은 밤처럼 어둡다.

전 부대는 동시에 야영지를 정리했고 나는 상급 무사들을 모아 놓고 말했다.

"작전대로 합니다. 어느 시점에 기습해 올지 모르니 모두 긴장하고 있어야 합니다."

"정말로 매복이 있다면 왜 진격하는 겁니까?"

내가 물어보고 싶은 말이다.

나는 작게 한숨을 내쉬며 말했다.

"총대장의 명령입니다."

"군인이 까라면 까는 거지 뭐 그렇게 불만들이 많아?"

정길영은 불만스러운 얼굴의 상급 무사들을 다독였다. 그는 나에게 걱정하지 말라는 듯이 웃어 보이며 말했다.

"걱정하지 마쇼. 부대장. 당신 말만 듣고 따를 테니까."

"뭔 소리야? 내 말도 듣고 따라야지."

최효정이 투덜거리자 정길영이 웃었다.

"자기 전에는 부대장 말만 들으라면서요."

"그래, 내 명령에 따라 부대장의 명령을 들으라는 거야. 대장은 나야. 다들 기억해 두라고."

그리고는 나를 보며 말한다.

"너도 기억해 둬. 대장은 나야. 알았어?"

누군가가 들으면 권력을 휘두르는 것처럼 보일 수도 있다.

하지만 나는 저 말의 뜻을 알고 있었다.

"명심하겠습니다."

책임은 대장이 지겠다.

나에게 명령권을 넘긴 것도 최효정 자신의 선택이라는 뜻이다.

즉 만약 일이 잘못되더라도 자신의 책임이라고 한 번 못 박은 것이다.

이 여자도 말을 빙빙 돌려 말한다.

강무성과 최효정이 이루어지지 못하는 이유를 조금은 알 것만 같았다.

"걱정하지 마세요. 무슨 일이 있어도 잘 해낼 수 있을 겁니다. 아무도 죽지 않을 거예요."

상급 무사들은 고개를 끄덕이고 각자의 위치로 향했다.

힘들 테지만 그렇게 목표해야 한 명이라도 더 살릴 수 있다.

"출발한다!"

누군가의 진군 명령을 시작으로 모두가 열을 맞춰 걷기 시작했다.

긴장된다.

모두를 살리겠다고 했으나 나는 그렇게 강하지 않다.

수백 마리, 수천 마리의 마수가 달려든다면 대원들을 전부 지킬 자신이 없다.

'아니야, 할 수 있어.'

약해지지 말자.

해내야 한다.

이번 매복에서 1군단의 반만 지켜 내더라도 성공이다.

그렇게 생각할 때였다.

"네 말이 맞았네."

최효정의 말과 동시에 나의 육감에 엄청난 양의 마수들이 느껴지기 시작했다.

선인들은 모두 마수가 접근함을 느끼고 발을 멈추었다.

갑자기 행군이 멈추자 상급 무사들은 어리둥절하게 주변을 바라봤다.

'이제 시작이다.'

내가 상급 무사들에게 부탁한 것은 딱 두 가지였다.

절대로 당황해 움직이지 말 것.

그리고 내 명령에 모두 한 덩어리처럼 움직일 것이었다.

"적이다!"

앞장서서 가던 선인의 외침과 동시에 사방에서 거흑랑(巨黑狼)들이 튀어나왔다.

최효정은 표정을 굳히며 달려드는 거흑랑을 단칼에 두 동강을 낸 뒤 외쳤다.

"자! 이제 어떡해?"

"일단 대기합니다. 전부 위치를 고수해!"

나의 말에 상급 무사들이 모두 고개를 끄덕였다.

호랑이 굴에 들어가도 정신만 차리면 산다고 하지 않던가.

당황만 하지 않는다면 충분히 반격할 수 있었다.

다행히도 매복 가능성을 머릿속에 넣어 놓고 있던 선인들은 재빨리 부하들을 독려해 혼란이 퍼지는 것을 막았다.

"대열을 유지하라!"

그러나 정작 총사령관이 당황해버렸다.

서도영의 병력은 제대로 반응조차 하지 못하고 뿔뿔히 흩어지기 시작했다.

그렇게 하나둘 사상자가 나오기 시작하면서 혼란이 커져만 갔다.

전장에 나오는 이들은 죽음을 각오한다고 하지만 이는 사실이 아니다.

대부분은 그래도 나는 안 죽겠지, 라는 생각을 하고 전장에 나선다.

하지만 죽음을 눈앞에서 목격하는 순간 그 생각은 사라지고 현실의 공포가 찾아온다.

언제든 죽을 수 있다.

그렇게 생각이 바뀌는 순간 혼란이 부대를 집어 삼키는 것이다.

나는 흩어지기 시작하면 무사들을 보며 생각했다.

'다시 사기를 올리기 위해서는 빨리 움직여야 한다.'

얼마 지나지 않았음에도 온전한 모습의 중대는 내가 속한 최효정의 중대뿐이었다.

"언제 움직여? 조금이라도 더 시간을 끌면 전부 와해된다."

나무가 많아 시야가 방해된다는 것도 상황을 더욱 악화시키고 있었다.

정확한 명령 전달이 힘들기 때문이다.

이대로라면 모두 죽는다.

"아직입니다. 아직 목표가……."

그 순간이었다.

나의 육감에 거대한 기운이 감지되었다.

고개를 돌린 곳에는 덩치가 크고 뿔이 달린 거흑랑이 위엄 있는 얼굴로 전장을 내려다보고 있다.

찾았다.

저것이 내가 노리던 목표이며 우리 부대가 버티고 있던 이유다.

"전원 뿔 달린 거흑랑으로 돌격한다!"

마수의 왕.

왕가의 혈통을 이어받은 나찰이라도 한 번에 수천 마리의 마수에게 명령을 내리는 것은 불가능하다.

그렇기에 무리마다 우두머리를 하나씩 배정해 세부적인 작전을 수행하게 했다.

이 우두머리를 우리는 마두(魔頭)라고 불렀다.

이 마두(魔頭)는 나찰에게 명령을 듣고 휘하의 마수를 진두지휘해 작전을 수행한다.

한마디로 나찰이 사령관이라면 마두는 부대장인 것이다.

다른 점은 마두가 사라지면 나찰도 마수의 제어권을 상실한다는 것이다.

'마두만 죽이면 다 오합지졸이다.'

본능에 충실한 마수들은 생존을 위해 뿔뿔이 흩어질 것이다.

그러니 마두를 친다.

백인대 전체가 하나의 창이 되어 적의 장군을 찔러야만 승리할 수 있다.

"나를 따라라!"

최효정의 외침과 함께 부대가 동시에 움직였다.

마수들은 우두머리를 지키기 위해 전부 우리 부대를 향해 달려들었다.

각자 알아서 버티며 뚫어 낼 수밖에 없다.

나는 최대한 대원들을 지키기 위해 검을 휘둘렀다.

사방에서 달려드는 거흑랑을 베어 나간다.

마두에게 가까워질수록 거흑랑들은 더욱 거칠게 달려들었다.

그리고 어느새 내 옆으로 온 정길영이 말했다.

"부대장님은 저 우두머리를 죽여야 하는 거 아닙니까?"

원래라면 내가 우두머리를 죽이는 것이 맞다.

하지만 여기에는 나보다도 더 날카로운 창이 있다.

"그런 건 대장 시켜 줍시다."

나는 거흑랑을 베어 내 중급 무사를 구한 뒤 그의 손을 잡아 일으켰다.

그리고 그 순간이었다.

"흐아아압!"

강렬한 기의 폭발과 함께 최효정의 기합 소리가 들려왔다.

이윽고 마두의 목이 날아가는 것이 보였다.

그 순간, 거흑랑들이 연결이 끊긴 것처럼 잠시 움직임을 멈추었다 바로 등을 돌려 도망치기 시작했다.

죽음을 두려워하지 않고 전술적으로 움직이던 것이 마치 거짓말이었던 것과 같다.

거흑랑이 흩어지는 것을 본 무사들은 기쁨에 겨워 외쳤다.

"됐다!"

"이겼어!"

"아니, 아직 아니야."

나는 냉정하게 말했다.

고작 마두 한 마리를 제거한 것이다.

"아직 멀었어! 긴장 풀지 마라!"

나의 외침에 무사들은 바로 집중력을 되찾았다.

마두 한 마리는 최대 100마리 정도를 지휘한다.

현재 이곳에 있는 마수의 수는 얼핏 봐도 천에 가깝다.

마두 10마리를 전부 죽여야만 한다.

'생각보다도 빨리 무너지고 있다.'

한 마리씩 처리해서는 답이 없다.

나도 모르게 입술을 깨문다.

방법은 하나뿐이다.

나와 최효정이 둘로 나뉘는 것이다.

"선인님. 둘로 나눕니다. 다른 선인들을 도와 마두를 찾고
제거해 주세요."

"알았어."

이 혼란스러운 상황에 마두가 존재하는지도 모르는 자들
이 많을 것이다.

그렇게 50명이 최효정과 함께 떨어져 나가고 나는 정길영

을 돌아봤다.

"절대 떨어지지 마세요."

"걱정 마쇼. 부대장."

나는 가장 앞장섰다.

이제 부대원을 지킬 수가 없다.

마수는 종류가 많다.

거흑랑만 있는 것은 아니다.

거대한 거미처럼 생긴 대지주(大蜘蛛).

사마귀처럼 생긴 대겸충(大鎌蟲) 등등 수많은 종류의 마수
들이 무사들을 도륙하고 있다.

나는 바로 나무 꼭대기에 매달린 거미를 향해 달려들었다.

부대원을 위해 내가 해 줄 수 있는 일은 오직 하나.

단숨에 마두를 처리하는 것뿐이다.

일검류, 패천검(敗天劍).

온 힘을 담은 일격에 거대한 거미가 두 동강이 났고 나는
바로 다음 목표를 찾았다.

'할 수 있다. 할 수 있다.'

이제 내가 영웅이 될 차례다.

◆ ◈ ◆

아티카는 움찔한 뒤 눈을 떴다.

마두(魔頭)가 죽었다.

분명 후방에서 진두지휘하라고 명령을 내렸는데 누가 마두의 존재를 눈치채고 죽였단 말인가?

아티카가 심각한 얼굴로 앉아 있자 할 일을 잃고 옆에서 대기하던 나준이 말했다.

"왜? 무슨 일이라도 있어?"

"아무것도 아니야."

"심각해 보이는데."

"우연이겠지."

우연일 것이다.

위치 선정이 좋지 않았던 마두가 선인에게 당했겠지.

충분히 있을 수 있는 일이다.

아직 병력은 많고 이들을 지휘할 마두도 많다.

하지만 그렇게 생각하는 순간 마두가 또 죽었다.

'뭐지?'

도대체 누가 기습당하는 중에 후방에 있는 마두를 찾아 제거한단 말인가.

그렇게 생각할 때였다.

주변에 흩뿌려 놓은 호위 병력에서 누군가 다가오고 있다는 소식이 들어왔다.

'누구지?'

두 명. 정규군은 아닌 것만 같다.

"나준. 침입자다."

"호오. 우리 근처로?"

"바로 요격해."

"그러지."

수비 병력만 해도 500은 되며 나준까지 있다.

고작 2명이라면 문제 될 것이 없다.

아티카는 다시금 눈을 감고 집중했다.

지금은 1군단과 싸우는 마두에게 명령을 내리는 것이 더 중요했다.

같은 시각.

유아린과 강무성은 점점 아티카를 향해 다가갔다.

"마수가 무언가를 보호하고 있어요. 조직적으로 움직이는 걸로 봐서는 뭔가가 있습니다."

"예를 들면 나찰이라든가?"

"그럴 확률이 높겠죠. 똑똑하시네요?"

"넌 나를 뭐로 생각하는 거냐?"

"좀 전에 실망이 너무 커서 상혁이 수준으로 내렸습니다."

"상혁이는 도대체 어느 수준인 거야?"

"나중에 설명해 드리죠. 지금은……."

아린과 강무성은 동시에 시선을 돌렸다.

동시에 공중에서 나타난 나준이 강무성을 향해 달려들었다.

강무성은 바로 검을 뽑아 대응했고 아린은 앞에서 날아드는 거흑랑의 턱을 후려쳤다.

"호오? 막아?"

나준은 감탄했다.

천우진을 만나고 얼마 지나지도 않았는데 꽤 실력 있는 인간을 만났다.

간혹 인간 중에서도 나찰을 능가하는 자들이 나타났고 이들을 자연재해라고 불렀다.

자연재해만큼 파괴적이지만 드물기 때문이다.

강무성은 천우진보다도 훨씬 어려 보였으나 실력은 매우 뛰어났다.

나준의 감탄과 달리 강무성은 초조했다.

'나찰!'

쉽게 처리하기는 힘들 것이다.

필연적으로 아린이 혼자 마수를 상대해야 한다는 소리다.

강무성은 아린을 높게 평가하고 있었다.

저 어린 나이에 중급 무사들과도 충분히 겨룰 수 있을 것이다.

하지만 전장에서 중급 무사는 소모품일 뿐이다.

마수 수십, 수백 마리를 상대하기에는 실력이 턱없이 부족하다.

그러니 이 나찰을 빨리 처리해야 한다.

"으아아아!"

강무성은 다음을 생각하지 않고 전력을 냈다.

당황한 나준은 뒤로 물러나며 표정을 굳혔다.

'이 녀석도 장난 아니군.'

천우진도 그렇고 이 젊은 친구도 그렇고.

나약한 인간들이 어떻게 여기까지 강해지는가?

하지만 나준은 미소를 지었다.

'하지만 그놈과 비교하면 별거 아니지.'

천우진을 경험한 나준에게는 별로 위협이 되지 않았다.

나준은 분신을 만들어 사방에서 공격했다.

분신을 만들면 본체의 외공 및 내공 또한 줄어든다.

그러나 사방에서 동시에 공격한다는 이점이 더욱 크다.

4명의 나준이 동시에 공격하는 순간 강무성은 자세를 잡았다.

아랑검법(餓狼劍法), 교(咬).

강무성은 나준의 분신 하나의 팔을 잡아끈 뒤 목을 내려치고는 시체로 다른 공격을 막았다.

"우습게 보지 마라. 느려지면 넌 죽는다."

나준은 표정을 굳혔다.

'이 새끼.'

분신을 만든 탓에 평균적인 속도가 내려갔다.

강무성은 그 순간을 놓치지 않고 하나를 없애 버린 것이다.

죽은 분신에게 투자한 내공은 돌아오지 않는다.

나준은 재빨리 남은 분신을 불러들였다.

'쉽게 제거하기는 힘들겠네.'

이렇게 된 이상 초조하게 만들어야 한다.

"실력 좋네. 그런데 네 친구도 그럴까?"

"……."

"저 소녀는 이미 거흑랑의 먹이가……."

강무성 또한 아린을 걱정하고 있었기에 심리 공격은 효과적이었다.

그러나 그때였다.

"뭐 하십니까? 빨리 처리하세요."

아린이 차갑게 말하고 두 사람이 동시에 그녀에게로 시선을 돌렸다.

은빛으로 빛나는 몸.

눈은 나찰처럼 붉은색으로 바뀌어 있었으며 한 손에는 거흑랑의 머리가 들려 있다.

피로 얼룩진 볼을 닦은 아린은 달려드는 마수 두 마리를 뒤돌려 차기로 걷어찼다.

거흑랑의 머리가 폭발하듯 터진다.

"……."

나준과 강무성은 전투 중이었다는 것도 잊고 동시에 침묵했다.

'뭐야?'

그저 북대우림에 만연한 음기라고 생각했다.

그러나 아까부터 느껴지던 강렬한 음기는 나찰의 것이 아니라 바로 유아린의 것이었다.

인간이 아니다.

인간은 저 정도로 극단적인 음기를 가질 수 없다.

아니, 만약 인간이 저 정도의 음기를 뿜어낸다면 이성을 잃고 그저 파괴만을 일삼는 수라가 될 것이다.

"허어, 이거 참 어이없는 상황이네."

나준은 그냥 놀라고 말았지만 강무성은 심각하게 제자를 바라봤다.

'어떻게 제정신을 유지하는 거냐?'

음기 폭주.

과거에도 몇 번 있던 사례다.

음기를 담은 영약을 잘못 복용하거나 북대우림처럼 음기의 비중이 비정상적으로 높은 지역에서 운기조식을 잘못하면 음기 폭주가 일어나기도 한다.

그러나 지금 아린이 보여 주고 있는 정도는 아니다.

반반의 비율이 조금만 무너져도, 음기가 6할 정도만 되더라도 제정신을 유지하기 쉽지 않다.

그러나 지금 아린의 기운은 8할 정도가 음기다.

마치 나찰처럼.

그렇게 당황한 눈으로 아린을 바라보던 나준과 강무성은 동시에 서로를 바라봤다.

'일단 이 녀석부터 처리한다.'

아린의 실력을 본 지금 급해진 것은 나준이었다.

"이제 걱정 없이 싸울 수 있겠어."

강무성은 천천히 나준을 압박해 갔다.

'망할. 분신 하나가 죽어서 속도에서 밀린다.'

나준은 이를 악물었다.

강무성의 검법은 마치 굶주린 늑대와 같다.

적을 죽이지 못하면 내가 죽는다는 생각으로 처절하게 싸운다.

그 특유의 살기는 암살자인 나준마저도 오싹할 정도.

'사냥 당한다.'

그렇게 나준이 눈에 띄게 밀리기 시작할 때였다.

푹!

강무성은 등에 무언가 꽂히는 느낌에 움직임을 멈췄다.

나준은 그 순간을 놓치지 않고 단검을 내질렀으나 강무성은 방어해 낸 뒤 사방으로 검을 휘둘러 보이지 않는 단검을 떨어트렸다.

"지금 뭘 하는 거야!"

아티카의 등장이었다.

마수가 죽어 나가는 것이 심상치 않음을 느낀 아티카가 본대의 지휘도 포기하고 온 것이었다.

"딱 좋을 때 왔어. 아티카."

십년감수한 나준이 함박웃음을 지었으나 아티카는 심각했다.

"본대가 당했어. 망할, 어떤 새끼가 마두만 죽였다고. 후우. 절반이나 살아남았어. 작전 실패야."

"괜찮아. 아직 병력 많잖아."

고작 2,000 정도만 투입한 작전이었다.

아직도 아티카에게는 1,000마리의 마수가 더 있다.

바로 이곳에.

"빨리 제거해. 등에 단검 세 개나 꽂힌 놈한테 지지 말고."

"아니, 그보다 너는 저기 저 여자 좀 어떻게 해 봐."

"아씨, 무슨 여자……."

아티카는 고개를 돌리다 아린을 발견하고는 그대로 굳었다.

심장이 바닥으로 떨어지는 것만 같았다.

붉은 눈에 나찰과 같은 기운이 느껴지는 여자는 수도에서 우연히 보았던 그녀였다.

마치 하나였던 것과 같은 동질감에 아티카는 침묵하다 말했다.

"인간 맞아?"

"맞을걸?"

대답과 동시에 나준은 강무성에게 달려들었다.

강무성은 등에 단검을 꽂은 상태로도 전투를 이어 갔으나 전보다 확실히 속도가 느려졌다.

아티카는 마수들을 불러 모았다.

단숨에 아린을 공격한다면 그녀를 제압할 수 있으리라.

하지만 하고 싶지 않았다.

'후우, 이러지 말자.'

아티카는 마음을 다잡았다.

왜 이런 감정이 드는지는 알 수 없다. 알고 싶지도 않다.

한낱 감정일 뿐이다.

아티카에게는 감정 따위에 휘둘릴 수 없을 정도로 큰 계획이 있다.

그렇게 아티카가 고뇌하는 사이 아린은 강무성을 살피고는 아티카를 노려보았다.

'나찰이 하나 더 있다.'

강무성은 다쳤다.

치명상은 겨우 피한 거 같지만 나준에게 밀리고 있었다.

여기서 마수들까지 달려든다면 그는 십중팔구 패배할 것이다.

'서하라면 어떻게 했을까?'

아린은 어려운 답을 항상 서하에게서 찾았다.

서하라면 그 무엇도 포기하지 않았을 것이다.

모든 것을 태워 버리는 한이 있더라도.

그는 포기하지 않는다.

"공격해!"

아티카의 외침과 함께 강무성과 아린을 향해 마수들이 달려들었다.

아린은 음기를 더욱 끌어올렸다.

단전 깊숙이 봉인해 두었던 음기가 폭발하면서 머리까지 새하얗게 변하기 시작했다.

의식이 날아간다.

오랜만에 겪어 보는 폭주였다.

죽여라, 죽여라, 죽여라.

모든 것을 죽여라.

속삭임은 점점 강해졌으나 아린의 부동심법은 변함이 없다.

서하는 무엇을 원할까?

강무성을 살려서 자신에게 와 주기를 바랄 것이다.

아니, 애초에 여기 오는 것을 원하지 않았겠지.

아린은 미소를 지었다.

'이건 내가 원하는 것이다.'

아린이 주먹을 내지를 때마다 마수가 분쇄되어 날아갔다.

대겸충의 낫을 뜯어내어 거흑랑의 머리에 박아 넣고.

음기를 날려 대군의를 얼려 버렸다.

마수의 비명이 끊이질 않는다.

'죽인다, 죽인다, 죽인다.'

서하가 아끼는 것을 제외한 모든 것을 죽인다.

그 살기에 아티카는 얼어붙었고 강무성을 거의 제압한 나준마저 고개를 돌릴 수밖에 없었다.

"씨발, 도대체 저게 뭐야?"

강무성 또한 심호흡을 하며 아린을 바라볼 수 있었다.

지옥에서나 볼 법한 광경이다.

마수의 시체가 즐비하고 그 가운데에는 눈부시게 아름다운 소녀가 서 있다.

'하지만 저대로라면······.'

아린이 먼저 지쳐 쓰러질 것이다.

내공과 체력은 무한하지 않으니까.

그렇게 세 사람이 멍하니 아린을 바라보고 있을 때도 그녀의 음기는 더욱더 진해졌다.

나찰들조차 소름이 돋을 정도의 한기가 아린의 주변에서 나오기 시작했다.

그렇게 음기가 어느 기점을 넘는 순간이었다.

"······."

마수들이 행동을 멈췄다.

초월적 존재의 공포가 세 사람을 덮쳤다.

공포에 질린 나준은 급히 아티카를 바라보며 외쳤다.

"뭐 하는 거야? 계속 밀어붙여!"

"······말을 안 들어."

아티카의 말과 동시에 모든 마수가 아린의 앞에 낮은 자세를 취했다.

"하아, 하아."

거친 숨을 내쉬던 아린은 마수를 내려 보다가 말했다.

"꺼져."

마치 그녀의 명령을 따르듯 마수가 흩어졌다.

상황을 가장 먼저 파악한 것은 나준이었다.

'마수의 제어권을 뺏겼다!'

있을 수 없는 일이었다.

마수는 나찰의 음기에 노출된 일반 동식물이 변해 만들어진다.

아티카의 음기에 영향을 받은 마수들은 그 어떤 경우에도 아티카의 명령만을 따른다.

그러나 제어권을 빼앗긴 것은 사실이다.

'아티카가 죽는다.'

나준은 바로 아린에게 달려들었다.

아티카는 선생이 짠 계획의 핵심이다.

왕가의 혈통을 이어받은 나찰은 희귀함이 공청석유와 비견된다.

아티카가 죽으면 다시는 찾을 수 없을지도 모른다.

아티카만은 지킨다.

그 생각만으로 나준이 달려드는 순간이었다.

"안 돼!"

아티카의 비명과 함께 나준의 얼굴로 아린의 주먹이 날아들었다.

반응조차 할 수 없다.

나준은 본능적으로 말했다.

"이런 괴……."

아린의 주먹에 나준의 머리가 사라졌다.

Chapter 30.

Chapter 30.

　나찰과 인간과의 전쟁은 크게 세 분기점을 가진다.

　초반에는 나찰이 우세했다.

　무사 중 나찰과 싸울 수 있는 실력자는 많지 않았고 당시 나찰의 수는 현재보다 수십 배는 더 많았으니까.

　그러던 중 첫 번째 분기점이 발생한다.

　바로 극양신공이었다.

　인간들은 극양신공으로 몸을 태워 가며 나찰과 싸웠고 이들의 희생으로 나찰을 몰아넣는 데 성공한다.

　이윽고 두 번째 분기점.

　여왕의 등장이다.

수만, 아니 수십만의 마수를 거느리고 나찰을 모아 인간들과 싸우기 시작했고 숫자에 밀린 인간들은 끊임없이 밀렸다.

그리고 마지막 분기점.

여왕의 사랑이었다.

인간 무사와 사랑에 빠진 여왕은 잠적해 버린다.

통제권을 잃은 마수들은 뿔뿔이 흩어졌고 중심을 잃은 나찰들 또한 일방적으로 학살당했다.

그게 끝이었다.

나찰은 그렇게 인간들에게 패배했다.

그렇기에 아티카는 여왕을 증오했다.

그리고 그 증오해 왔던 여왕이 눈앞에 있다.

"여왕……."

종족을 배신하고 인간과 떠났던 여왕의 후예가 저기에 있다.

아린은 복종한 마수들을 지나 아티카를 향해 걸어갔다.

"1군단 어딨어?"

아티카는 고개를 들었다.

어째서 배신했느냐?

그렇게 물어보고 싶었다.

그러나 아린은 여왕이 아니었기에 그 질문에 답해 줄 수 없다.

그렇기에 아티카는 다른 질문을 했다.

"왜, 인간에게 있습니까?"

"인간이니까."

"당신은 나찰입니다. 저 마수들을 보고도 그 말이 나옵니까?"

"······그럼 나찰 할게."

황당한 대답에 아티카는 고개를 숙였다.

그토록 증오했던 여왕의 핏줄이 눈앞에 있음에도 그녀가 싫지 않았다. 영문을 알 수 없는 호감과 분노가 뒤엉켜 모순된 감정을 만들어 냈다.

그에 비해 아린은 대수롭지 않게 넘겼다.

정체성 같은 건 전혀 신경 쓰지 않는다.

오직 서하다.

"서하는 어디 있지?"

"······마수들한테 물어보면 알 겁니다."

아티카는 고개를 숙였다.

이제 죽는다고 생각했다.

볼일이 끝난 이 여자는 자기를 죽일 것이다.

그러나 아린은 바로 몸을 일으키며 강무성에게 말했다.

"달릴 수 있겠습니까?"

"최대한 따라가 볼게."

"그럼 가죠."

거흑랑 한 마리가 앞으로 달려 나가고 아린은 바로 뒤를 따랐다.

아티카는 그저 아린의 뒤를 바라볼 뿐이다.

"왜······?"

왜 나를 안 죽일까?

아티카와 같은 의문을 강무성도 가지고 있었다.

"저 나찰은 안 죽이나?"

"안 죽입니다."

"왜?"

그 순간 아린의 머리가 다시 검은빛으로 돌아오며 말했다.

"이제 힘이 없어요."

아린이 쓰러지고 강무성은 재빨리 그녀를 받아 들었다. 죽은 듯 눈을 감은 아린의 코에 손가락을 가져간 강무성은 안도의 한숨을 내쉬었다.

탈진이다.

외공 수준이 높지 않은 상태에서 내공에만 의존해 그렇게 움직였으니 당연한 일이다.

"후우."

강무성은 발을 멈춘 거흑랑을 바라봤다.

마치 자기 주인이 깨어나기를 기다리는 것만 같다.

"좀 쉬었다 가야겠네."

아린을 눕히고 온 강무성은 거흑랑을 향해 등을 보이며 말했다.

"야, 이것 좀 뽑아 봐."

"……크르릉."

"못 알아듣나? 이거 빼. 월월. 아, 이건 개소리인가?"

거흑랑은 힘겹게 등으로 손을 가져가는 강무성을 한심하게 바라볼 뿐이었다.

◆ ◈ ◆

승리했다.

나는 시체가 가득한 전장에 서서 주변을 바라봤다.

마두를 향해 돌진하기를 여러 번.

고작 50명이 마두를 지키기 위해 달려드는 마수를 전부 상대했다.

그 결과 생존자는 7명뿐이었다.

"……후우."

나와 겨루었던 상급 무사의 시체를 바라보았다.

나에게는 선택권이 있었다.

100명이 똘똘 뭉쳐서 내가 대원들을 보호하고 최효정이 마두를 처리하는 것과 둘로 나뉘어 최대한 빨리 마두를 처리하는 것.

전자의 경우 나의 부대는 대부분 생존했을 것이다.

많게는 80, 아니 90명도 살릴 수 있었을 것이다.

하지만 그랬다가는 우리 부대를 제외한 모든 이가 죽었을 것이다.

내 선택의 결과로 약 300은 살았다.

하지만 나를 믿고 싸워 준 이들은 전부 죽었다.

'괜찮아. 원래 다 죽었을 사람들이야.'

회귀 전보다는 훨씬 나은 상황이다.

나는 잘했다.

그렇게 생각할 때 정길영이 다가왔다.

"이겼습니다. 부대장님."

"……죄송합니다. 다 지키겠다는 둥 그런 소리를 한 주제에 아무것도 못 지켰네요."

"하하하, 이런 데서는 어린 모습이 나오네요."

어리다?

그 온갖 경험을 한 내가 어리다고?

정길영은 내 얼굴을 보더니 웃었다.

꽤 멍청하게 쳐다봤나 보다.

"이런 작전에 나오면서 죽음을 각오하지 않은 이들이 있겠습니까?"

"하지만 죽으러 나오는 건 아닙니다."

"그렇죠. 하지만 끌려 나온 것도 아니고 다들 남들은 만지지도 못할 큰돈을 받으며 무사가 된 이들입니다. 전장에서 죽는 건 자기 실력이 모자라서이지 다른 이유는 없습니다. 그러니까 죄책감 느끼지 마세요. 저기 있는 모두가 당신이 살린 사람들입니다."

정길영의 말대로 300명은 살아남았다.

저 멀리서 최효정이 다가오는 것이 보였다.

그녀의 부대 또한 고작 10명 정도만이 남아 있었다.

"후우, 겨우 처리했네. 네가 6마리나 처리한 거야? 대단하네. 난 찾기 힘들던데."

마두의 기운을 느낄 수 있는 내가 조금 더 많이 처리할 수 있었다.

최효정이 4마리나 처리한 것도 대단한 일이다.

오직 오감에만 의존해 마두를 찾는 건 어려운 일이었을 테니까.

"선인은 몇 명이나 남았는지 아십니까?"

"10명의 대장 중에는 나를 포함해서 6명이 생존했어. 그리고 아쉽게도 총대장도 살아남았지."

총대장 서도영이 안 죽은 건 좀 유감이다.

"오! 이서하 부대장!"

호랑이도 제 말 하면 온다더니.

서도영은 부상자를 챙기는 무사들 사이로 걸어오다 나를 발견하고는 달려왔다.

정길영이 고개를 숙이며 물러나고 서도영은 내 어깨를 잡고 말했다.

"아주 훌륭한 전투였다. 도대체 어떻게 한 건가?"

"역사 시간에 배운 내용대로 한 것입니다."

"역사 시간?"

"마수가 조직적으로 움직일 때는 마두가 존재하는 것이다. 마두만 제거한다면 마수는 다시 지능 없는 짐승이 될 것이라고 말입니다."

"아아! 맞아. 그걸 역사 시간에 배웠지."

왕의 혈통을 가진 나찰이 드문 지금 마두는 역사 속에서나 나오는 것이었다.

그렇기에 주요 훈련에서 배제되었고 실제로도 마두와 싸워 본 무사의 수는 손에 꼽을 정도다.

'경험이 없으니 대처를 할 수 없었겠지.'

아무리 날고 기는 선인이라도 경험해 보지 못한 것까지 능숙할 수는 없다.

전투에서 승리한 서도영은 활짝 웃으며 말했다.

"역시 젊은 친구들은 머리가 빨리빨리 돌아가는구먼!"

"그러니까 젊은 친구 말을 듣지 그러셨습니까?"

한마디는 해야겠다.

서도영은 당황한 눈으로 쳐다봤고 나는 멈추지 않았다.

"그랬으면 이렇게 많은 무사들이 죽지 않았겠죠. 제 말만 들었으면 당신은 실패하지 않았을 겁니다. 하지만 실패했죠. 이제 돌아가시죠. 체력도 내력도 남지 않은 300명으로는 아무것도 할 수 없습니다."

"……그런가?"

서도영은 피식 웃었다.

"아니. 역시 경험이 없으니 이런 암울한 상태에서 어떻게 해야 하는지도 모르는 거 같군. 머리는 빨리 돌아가지만, 너무 정론이야."

이 새끼.

또 무슨 헛소리를 하려고 저렇게 떠드는 건지 모르겠다.

서도영은 큰 목소리로 부상자를 챙기는 무사들에게 외쳤다.

"제군들! 모두 잘해 주었다. 정보부도 파악하지 못한 기습에 우리는 고전했다. 하지만 우리는 강한 정신력으로 이겨 냈다."

사실은 내가 마두를 다 죽여 이겨 낸 것이지만 말이다.

"이제 마수는 없다. 수천에 가까운 마수를 도륙했고 우리의 앞을 가로막는 것은 없다. 이제 북대우림을 제패한 차례. 역사에 우리의 발걸음을 남기자!"

서도영의 부장들이 열심히 손뼉을 치며 소리를 질렀으나 아무도 호응하지 않았다.

그저 절망일 뿐이다.

또 앞으로 나아가야 한다는 절망.

막말로 지금부터 후퇴하더라도 무사히 후퇴할 수 있을지도 모르는데 말이다.

"적당히 미친놈이 아닌데요?"

"그러게. 죽일까? 진짜 죽일까? 지금이라면 죽일 수 있어. 다들 묵인해 주지 않을까?"

맘 같아서는 죽여 버리고 싶지만 지금은 그럴 수 없다.

"사실 그렇게 틀린 말도 아닙니다. 호수까지 가서 식수를 확보하고 죽은 마수들의 고기를 먹으며 지원군이 올 때까지 버틴 뒤 후퇴하는 것이 더 현실적일 수 있습니다. 물론 저 인간은 전초 기지를 짓겠다며 무사들을 혹사하겠지만요."

만약 내 생각대로 최소한의 방어 진지만 구축한 뒤 혹시나 모를 마수의 공격에만 대비하며 휴식을 취한다면 나쁘지 않은 방법이다.

하지만 마음에 들지 않는다.

만약 그렇게 해서 진지 구축에 성공한다면 저 인간이 얼마나 잘난 척을 해 댈지 상상된다.

무사들의 피 위로 세운 전초 기지.

그리고 그 공은 저 멍청이가 가져갈 것이다.

'언젠가 손을 보긴 해야겠네.'

훗날 있을 나찰과의 전쟁에서 승리하기 위해서는 인재를 키우는 것만큼 환부를 도려내는 것도 중요하다.

서도영은 종양과 같다.

가만히 놔두면 이 나라를 좀먹을 그런 종양.

언젠가는 도려내야 한다.

만약 서도영이 이 정도로 멍청한 줄 알았다면 원정 시작과 동시에 죽였을 것이다.

하지만 지금은 그럴 수 없다.

'지금 도려내기에는 눈이 너무 많아.'

선인 중에서 야망을 품은 놈이 있을지도 모른다.

서도영을 죽였다가 그들에게 이용당할 수도 있다.

예를 들어 해남 서씨에게 그 사실을 알린 뒤 복수를 돕는다거나 하는 방식으로 말이다.

가능성 없는 이야기는 아니다.

정치는 무엇을 상상하든 그 이상으로 야비한 놈들이 하는 것이니까.

"그럼 부상자를 챙긴 뒤 바로 이동한다! 서둘러라!"

서도영이 의기양양하게 사라지고 나는 부상자들을 향해 다가갔다.

그때 한 선인이 다가와 나의 어깨에 손을 올린 뒤 말했다.

"덕분에 살았다. 고맙다."

이윽고 다른 선인들도 하나둘 인사하러 다가왔다.

소심한 이들은 눈인사로, 호쾌한 이들은 밥이라도 사겠다면서 말이다.

선인들은 나의 활약이 어느 정도였는지를 알고 있었다.

'일단 호숫가까지 가서 상황을 보자.'

진지를 짓는다고 난리를 치면 검을 빼 들어서라도 말리면 된다.

생각이 있으면 영웅이 된 나에게 큰소리를 칠 수는 없을 것이다.

그렇게 부상자들의 치료가 끝나고 남은 인원은 호수를 향해 걸어갔다.

마수의 습격은 없다.

한 번의 매복이 실패로 돌아간 이상 추가타가 있을 거라고
는 생각하기 힘들었다.

이윽고 길고 길었던 숲을 지나 거대한 호수가 눈에 들어왔다.

햇빛에 반사되어 반짝이는 호수.

사방이 뻥 뚫려 있어 기습을 당할 일도 없다.

'확실히 전초 기지 짓기에는 좋네.'

주변 시야만 조금 더 늘린다면 백 년은 거뜬히 버틸 기지가
지어질 것이다.

모두가 살았다는 생각에 밝게 웃는 그 순간이었다.

"역시!"

한 남자의 목소리가 들려왔다.

"너라면 빠져나올 줄 알았어."

듣기 싫은 목소리다.

적어도 지금 이 순간에는 너무나도 듣기 싫은 목소리다.

"보고 싶었다. 이서하."

천우진.

저 인간은 또 왜 여기서 나와?

'저 인간 안 죽었구나.'

추풍고원에서 죽기를 바랐다.

망할 수호신장 놈들.

142 권 5

그 흙덩어리 놈들이 졌구나.

'인제 어쩌지?'

천우진의 존재를 아는 사람은 이곳에서 나 혼자뿐이었다.

다른 이들은 북대우림에 사람이 있다는 것에 놀랐을 뿐이다.

모두가 눈치만 보고 있을 때 서도영이 앞으로 걸어 나갔다.

"그쪽은 누구냐? 신분을 밝혀라."

"신분?"

천우진은 서도영을 보고는 고개를 끄덕였다.

"그럼 너 오줌 지릴 텐데."

"뭐?"

서도영은 인상을 쓰며 부장들을 돌아봤다.

"저 남자가 누군지 아는 사람이 있느냐? 오, 이서하. 너와 아는 사이 같은데."

"들으면 오줌 지리실 텐데요."

"……"

서도영이 노려보고 나는 그가 원하는 답을 해 주었다.

아니, 정확하게 말하자면 원하지 않는 답일까?

"우상검객(愚上劍客), 천우진입니다."

천우진이라는 이름에 드디어 모두가 표정을 굳혔다.

당연하지.

암부의 천우진이 우리를 돕기 위해 이곳에 있을 리가 없다.

'아마 날 죽이러 왔겠지.'

추풍고원에서의 업보가 이리도 컸단 말인가.

하필이면 이 중요한 때에 나타나다니 말이다.

그때였다.

갑자기 서도영이 크게 소리쳤다.

"천우진? 천우진이라고!"

표정을 잔뜩 일그러뜨린 서도영은 천우진을 노려보며 외쳤다.

"네놈이 여기가 어디라고 나타나느냐?"

뭐야?

서로 아는 사이였어?

천우진은 반갑게 미소를 지으며 손을 흔들었다.

"이야, 이제야 알아보는 거냐? 하긴, 이 형님이 좀 잘생겨지긴 했지."

"저 자식이 뚫린 입이라고."

"아버지는 평안하시냐? 무덤에 물은 차지 않고? 하늘도 노할 정도로 어리석은 분이셨잖느냐. 원한을 많이 샀으니 물이 차도 이상하지 않지."

"네가 감히 나의 아버지를 논해?"

서도영이 피를 토하듯 외쳤고 그제야 나는 두 사람의 관계를 알 수 있었다.

'천우진이 죽였다는 장군이……'

바로 서도영의 아버지였다.

천우진은 부대를 힐끗 보더니 말을 이어 갔다.

"네 부대냐? 아주 걸레짝이 되었네. 네 아빠한테 잘 배웠구
나. 부하들 죽이는 법."

"모두! 저 배반자를 죽여라!"

서도영이 외쳤으나 무사들은 앞으로 달려 나가지 못했다.

우상검객 천우진.

그 이름을 한 번도 들어 보지 못한 무사는 없을 것이다.

제대로 된 상관을 만나 경험을 쌓고 실력을 키웠다면 언젠
가 철혈의 뒤를 이어 무신의 경지에 들어섰을 것이라는 말을
듣는 무사다.

좋은 의미로든, 나쁜 의미로든 전설적인 무사.

살아남을 수 있다는 희망만 보고 힘겨운 발걸음을 옮겨 온
이들에게 천우진과 싸우라고 하는 건 너무 가혹한 일이었다.

"뭣들 하느냐! 빨리 돌격하지 못할까!"

서도영의 일갈에 그의 부장들이 마지못해 앞으로 걸어 나
갔다.

지금까지 열심히 아첨을 떨어 왔기에 지금 밉보일 수 없었
기 때문이다.

"후우."

각 부대의 선인들도 한 걸음씩 앞으로 나왔다.

서도영의 복수를 대신 갚아 주려는 것은 아니었다.

일단 적이기에, 그리고 전설로 불리던 무사와 싸워 볼 수

145

있기 때문이다.

"전설적인 무사 실력 좀 보자."

선인들은 모두 엄청난 승부욕을 가지고 있었다.

대부분 천우진이 활약할 시기에 무학관을 다니던 이들이다.

전설적인 무사의 실력을 직접 경험해 보고 싶은 생각이 들수밖에 없다.

"일제히 돌격해 숙청한다!"

선인들은 일제히 천우진을 향해 달려들었다.

어쩌지?

이대로 가면 다 죽는다.

내가 본 천우진의 실력은 백의선인의 수준을 아득히 뛰어넘은 지 오래였다.

'나도 저기에 합류해야…….'

그러나 발이 떨어지지 않았다.

달려들면 죽는다.

오랜 시간 강자란 강자는 전부 만나 온 나의 본능이 그렇게 말하고 있었다.

나는 바로 최효정의 손을 잡았다.

천우진을 공격하는 데 합류하려던 최효정은 나를 돌아봤다.

"왜? 한 번에 공격하지 않으면……."

"다 죽어요."

그렇게 내가 말하는 사이 서도영의 부장 둘과 최효정을 제외한 5명의 선인, 총 7인이 마치 합을 맞춘 것처럼 일곱 방향에서 파고들었다.

그 누구도 빠져나갈 수 없는 공격.

하지만 천우진은 발을 한 번 구르는 것만으로 기를 폭발시켰다.

펑! 하는 소리와 함께 기에 밀린 선인들이 움찔했고 천우진은 바로 검을 빼 들었다.

써억!

반응할 새도 없이 한 선인의 목이 날아간다.

"우오오오오!"

동료가 죽은 것을 본 또 다른 선인이 급하게 달려들었다.

"진정⋯⋯!"

상황을 냉정하게 판단한 한 선인이 외쳤으나 이미 목이 날아간 뒤였다.

각개 격파당하면 승산이 없다.

공격 중 두세 명이 죽더라도 일곱 명이 동시에 공격을 욱여넣었어야만 승산이 있다.

그러나 이미 둘이 당했다.

천우진의 진짜 실력을 본 선인들은 겁을 먹었고 우상검객은 때를 놓치지 않았다.

스윽, 스윽.

추풍비고에서 가져온 명검은 인간을 두부 썰듯이 부드럽

게 베었다.

이윽고 선인들이 모두 쓰러졌다.

나는 창백한 얼굴로 천우진을 바라봤다.

'이길 수 없다.'

둑이 무너진 것처럼 절망감이 나의 머리를 지배하기 시작했다.

나는 최효정의 손을 꽉 잡으며 말했다.

"도망치세요."

바보처럼 손이 떨렸다.

떨지 마라. 떨지 마라. 쪽팔리니까 제발 떨림아 멈춰라.

이런 위기는 지금까지 많이 겪어 오지 않았는가.

어떻게든 될 것이다.

그러기 위해 지금까지 수련해 오지 않았는가.

"도망치기는."

최효정은 나의 손을 놓으며 말했다.

"야, 너 도망쳐. 내가 대장이라고 했지. 원래 이럴 때는 대장이 남는 거야. 무성이 제자면 내 제자기도 하고."

최효정은 환하게 웃었다.

웃지 마라.

난 죽으러 가면서 웃는 사람들은 싫다.

그때 서도영이 말했다.

"뭣들 하느냐! 전부 돌격!"

"히이익!"

대장을 잃은 무사들은 서도영의 말과는 반대로 숲을 향해 달리기 시작했다.

선인마저 이길 수 없는 상대를 일반 무사들이 이길 수는 없다.

천우진은 어깨에 검을 올린 채 무사들이 도망치는 것을 바라볼 뿐이었다.

"거기 들어가도 죽는데."

천우진의 말대로다.

마수들은 마두를 잃고 뿔뿔이 흩어졌을 뿐 전멸한 것이 아니다.

마구잡이로 도망친 무사들은 마수의 좋은 먹잇감이 될 뿐이다.

그렇다고 모두가 모여서 도망친다?

천우진에게 잡히지 않을 리가 없다.

서도영은 도망치는 부하들을 보며 당황한 표정을 지었다.

예상치 못했는가?

그건 그거대로 놀랍다.

"자자, 그럼 이서하. 너는 거기 딱 기다리고 있어. 선약이 있으니까."

천우진은 서도영에게 먼저 다가갔다.

서도영은 있는 힘껏 검을 휘둘렀으나 홍의선인이라고는

믿을 수 없을 정도로 실력이 형편없다.

천우진은 손쉽게 서도영의 심장에 검을 꽂았다.

"쓰레기로 커 줘서 고맙다. 네가 조금만 제대로 된 사람이 었어도 내가 죄책감을 느낄 뻔했어."

"크으윽!"

서도영이 피를 토하며 무릎을 꿇었고 천우진은 나를 돌아 봤다.

내 주변에 남은 것은 최효정과 정길영을 비롯한 부대원들 뿐이었다.

"도망치지 않으시나요?"

"도망쳐도 죽지 않습니까? 그럴 바에는 인간에게 죽는 게 더 낫겠네요."

정길영은 최대한 덤덤하게 말했다.

하지만 그 또한 다리가 떨리고 있다.

"자자, 그럼 내가 한 약속은 지켜 줘야지. 네 모든 것을 죽 이러 왔다. 이서하."

나는 작게 심호흡했다.

그래도 덕분에 제정신을 차릴 수 있었다.

나는 바로 극양신공을 사용했다.

몸이 황금빛으로 빛나고 천우진은 기다렸다는 듯 미소를 지었다.

"자, 놀아 보자."

"효정 선임님. 최대한 안전하게 싸워 주세요. 틈만 만들어 주시면 제가 죽일 겁니다."

"아이고, 잘나셨어요. 도망치라니까. 너라면 마수들 피해서 도망칠 수 있을 거 아니야?"

"천우진은 못 피하죠."

"그것도 그래. 저런 남자 마음에 안 들어. 집착이 너무 심하잖아."

최효정은 미소를 짓고는 예고도 없이 앞으로 달려 나갔다.

나는 정길영에게 말했다.

"무사님들은 뒤에서 대기해 주세요. 천우진을 이기더라도 저와 효정 선임님이 회복할 동안 호위해 줄 사람들이 필요합니다."

그 말을 끝으로 나는 최효정의 뒤를 따랐다.

최효정은 속검(速劍)이 장점인 만큼 다른 선인들보다 배는 빨랐다.

그러나 천우진의 속도와는 비교할 수 없다.

천우진은 가볍게 최효정의 공격을 피한 뒤 그녀의 어깨를 베었다.

"크윽."

최효정이 옆으로 피하는 사이 내가 달려들었다.

심장 박동이 미친 듯이 울리고 온몸이 뜨겁다.

하지만 그 어느 때보다도 상쾌하다.

낙월검법, 이위화(離爲火).

황금빛 불꽃이 천우진을 덮친다.

네르갈마저 베었던 일격.

그러나 그 순간이었다.

"갈(喝)!"

천우진의 외침 한 방에 모든 불꽃이 사라졌고 그의 주먹이 나의 복부를 강타했다.

"커헉!"

내장이 터지는 것과 같은 고통에 정신을 차릴 수가 없다.

하지만 고통에 몸부림칠 시간은 없다.

나는 바로 자세를 잡았고 그 순간이었다.

천우진이 코앞에 있다.

'망할!'

바로 검을 드는 순간 사방에서 무사들이 천우진을 향해 달려들었다.

"부대장님을 지켜라!"

명령대로라면 뒤에서 대기하고 있어야 하는 이들이었다.

천우진은 귀찮은 파리를 쫓아내듯 검을 휘둘러 무사들을 처리했다.

정길영이 피를 뿜으며 쓰러지는 것이 보인다.

시간이 느려진 듯.

나는 치명상을 입은 그가 바닥으로 쓰러지는 것을 보고 있을 수밖에 없었다.

그리고 그와 동시에 최효정이 달려들었다.

"죽어어어어!"

최효정의 기습에 천우진이 뒤로 물러난다.

하지만 나의 시선은 정길영에게 꽂혀 있었다.

"왜……?"

나는 정길영에게 기어가 말했다.

"뒤에 서 있으라고 했잖아요. 왜 나선 겁니까? 막을 수 있었다고요. 막을 수……!"

"그럼 부대장이 위험한데 가만히 있습니까?"

정길영은 작게 숨을 내쉬며 말했다.

"사실 너한테 하고 싶은 말이 있었다. 조카뻘이니까 삼촌이 한 가지만 조언할게. 넌 너무 착해. 부하들 죽을 때마다 그렇게 우울해하면 얼마 못 가 무너진다."

"……."

정길영은 피를 토하면서도 말을 멈추지 않았다.

정신을 끝까지 잡기 위해 그는 피로 찬 눈을 부릅뜨고 있었다.

"난 말이야. 처자식도 없어. 죽을 거 알아서 원 없이 돈 쓰고 다녔다. 술도 마시고. 여자도 안고. 그러니까 죄책감 느끼지 마라. 넌 잘했어."

정길영은 서하를 보고는 말했다.

"꼭 큰사람이 돼라."

그것이 그의 마지막 말이었다.

나는 고개를 들었다.

천우진이 최효정을 가지고 놀고 있다.

한 번에 죽일 수 있음에도 나 보란 듯 치명상만 피해 상처를 늘려 가고 있다.

"……내가 잘못 생각했구나."

천우진 같은 적을 만났을 때는 생각을 고쳐먹어야 한다는 것을 까먹었다.

"이럴 때는 살려고 하면 안 되는 거였죠."

회귀 전에는 언제나 살기 위해 도망쳐 왔다.

그래서 단 한 번도 전력으로 부딪친 적이 없다.

그 쓰레기 같은 습관이 또 나왔다.

그러니 이번에는 이기기 위해 죽겠다.

나는 내 안의 모든 기를 심장으로 보냈다.

순수하게 정화되었던 기가 모두 양기로 변환되어 나의 몸을 태운다.

극양신공은 수명을 앗아 간다.

그렇기에 공청석유로 얻은 무한한 내공을 양기로 바꿀 생각을 하지 않았다.

그랬다가는 몸이 버티지 못할 테니까.

틀림없이 양기가 나를 태워 죽일 테니까.

그것을 두려워하고 있었다.

이제 와 내가 죽어 모든 것이 실패할까 두려웠다.

그래서 모두 죽었다.

이제 최효정마저 죽일 수는 없다.

"천우지이이이이인!"

나의 외침에 최효정을 가지고 놀던 천우진이 고개를 돌렸다.

"뭐 하냐? 너 그러다 죽는다."

"맞아."

나는 천우진을 향해 걸어가며 말했다.

"너랑 같이 죽을 생각이다."

필사즉생 필생즉사(必死卽生 必生卽死).

나는 모든 것을 걸고 죽으러 가겠다.

기절해 있던 유아린은 화들짝 놀라며 눈을 떴다.

"허억, 허억!"

거친 숨을 몰아쉬던 그녀는 팔짱을 낀 채 앉아 있는 강무성을 바라봤다.

"얼마나 지났습니까?"

"한 시진 정도. 얼마 안 지났어."

"얼마 안 지나긴요? 흔들어서 깨웠어야죠!"

155

유아린은 바로 몸을 일으켜다 다리가 풀려 주저앉았다.

강무성은 조용히 눈을 뜨고 말했다.

"깨워서 뭐 해? 걷지도 못하면서."

"누가 못 걸어요?"

아린은 음기 폭주를 사용하면서까지 일어난 뒤 심호흡했다.

몸이 떨린다.

서 있는 것조차 힘들다.

하지만 아린은 정신력으로 떨리는 몸을 진정시켰다.

그런 아린을 보며 강무성이 말했다.

"너무 걱정하지 마라. 서하는 그렇게 약하지 않아. 아무 일 없을 거야."

"약하지는 않죠. 강하죠. 너무 강해서……."

말을 멈춘 뒤 자기 다리를 때리기 시작했다.

떨림이 멈추지 않았기 때문이었다.

그게 효과가 있었는지 아린은 심호흡한 뒤 말을 이어 갔다.

"너무나도 강해 부러질 것만 같아요."

이서하는 항상 그러했다.

언제나 거대한 풍파에 맞서 홀로 선다.

모든 책임을 혼자 짊어지고 자책했다.

그렇기에 언젠가 무너질 것만 같았다.

"서하가 부러지면 나도 죽을 거예요."

아린은 자신의 기준을 이서하라는 인물로 잡았다.

때로는 자식만 바라보는 부모처럼.

때로는 존경하는 스승처럼.

때로는 심장마저 내어 줄 연인처럼.

그렇게 아린에게 이서하는 모든 것이 되었다.

"후우."

아린은 손목 보호대의 줄을 입에 문 뒤 고쳐 묶었다.

비장함 속에 준비를 끝낸 그녀는 강무성을 돌아보며 말했다.

"그러니까 내가 도와줘야 해요."

부러지지 않게 안아 줄 생각이다.

운기조식을 하고 있던 강무성은 몸을 일으켰고 아린은 매듭을 전부 고친 뒤 말했다.

"그럼 빨리 가죠. 쓸데없이 시간을 소모했어요."

아린이 서둘러 걸어갈 때 강무성이 손을 들었다.

"잠깐만……."

"급해요. 빨리 가야……."

"아니, 그게 아니라."

강무성은 등을 돌렸다.

아티카가 꽂아 넣은 단검 3개가 아직도 꽂혀 있었다.

"좀 뽑아 줄래?"

아린은 질린다는 듯이 강무성을 바라보다 우악스럽게 단검을 뽑았다.

"아야야!"

듬직한지 아닌지 모를 사람이다.

◆ ◈ ◆

최효정은 상처투성이였다.

천우진이 가지고 논 덕분에 아직은 목숨이 붙어 있었으나 온몸에 상처가 가득했고 전신에서 흘린 피로 바닥이 젖고 있었다.

"하아, 하아."

최효정은 눈가로 흐르는 피에 눈을 껌뻑이며 천우진을 노려보고 있었다.

"비명 한 번 안 지르네."

천우진은 감탄하듯 최효정을 바라봤다.

"그냥 도망치지 그랬어? 너 정도면 저 숲을 돌파해 나갈 수도 있었을 텐데."

"그런 쪽팔린 짓을 어떻게 합니까? 그래서 당신은 부하들이 다 죽을 때 도망친 겁니까?"

약점을 찔린 천우진은 표정을 굳혔다.

"……쪽팔린 게 죽는 것보다는 낫지."

그리고는 천천히 최효정을 향해 걸어간다.

"내가 갈 때까지 마음 바뀌 도망치면 살려 줄게."

하지만 최효정은 자세를 잡는 것으로 대답을 대신했다.

'아, 시야 가리네.'

속으로 불만을 토한 최효정은 눈을 깜빡이며 최대한 천우진에게서 눈을 떼지 않았다.

'죽겠지?'

치명상을 입지 않았을 뿐 이미 정신은 아득해지기 시작했다.

피를 너무 많이 흘렸다.

치명상은 아니라 그냥 지혈하면 되지만 천우진을 앞에 두고는 불가능하다.

'강무성 이 나쁜 새끼. 네가 고백 안 해서 연애 한 번 못 해 보고 죽잖아.'

그런 바보 같은 생각만 드는 자신이 싫다.

그 순간이 있다.

"천우지이이이이이인!"

"뭐 하나? 너 그러다 죽는다."

"맞아. 너랑 같이 죽을 생각이다."

최효정은 고개를 돌려 황금빛으로 빛나는 이서하를 바라봤다.

'양기 폭주.'

격이 다른 양기 폭주에 최효정이 당황하는 그 순간 천우진과 서하가 서로를 향해 달려들었고 거대한 충격파가 최효정을 날렸다.

황금빛 불꽃이 천우진이 내뿜는 기와 맞물려 하늘로 치솟는다.

최효정은 멍하니 누워 있다 두 사람의 전투를 바라보며 말했다.

"저게 뭐야……?"

말로는 설명할 수 없는 경지의 전투가 벌어지고 있었다.

놀란 것은 최효정뿐만이 아니었다.

'이서하.'

천우진은 이서하를 바라보며 자기도 모르게 표정을 굳혔다.

'공청석유…… 이 정도였나?'

이서하가 공청석유를 가져간 것은 천우진도 이미 알고 있는 사실이었다.

하지만 고작 한두 방울만 복용하고 나머지는 훗날을 위해 남겨 두었을 거라고 예상했다.

하지만 지금 이서하가 내뿜는 내공의 양은 그 정도가 아니다.

'한 병을 다 마셨군.'

아무리 작은 병이라도 한 모금은 되었을 것이다.

천우진도 강한 기운을 가진 영약을 먹어 본 적이 있기에 영약을 흡수하는 일이 얼마나 힘든 일인지를 잘 알고 있다.

공청석유는 그중에서도 가장 고통스럽다는 영약.

'그것을 버텨 냈다는 건가?'

처음부터 평범한 아이라고는 생각하지 않았다.

하지만 천우진의 예상보다도 이서하는 더 특별한 아이인 것만 같았다.

아쉽다.

같은 세대에 만났다면 좋은 동료가 되었을 텐데 말이다.

하지만 지금은 적이다.

양쪽 다 서로를 용서할 생각이 없으니까.

"우오오오오!"

서하는 수명을 토해 내며 검을 휘둘렀고 천우진은 점점 뒤로 밀렸다.

봐주는 것이 아니었다.

실제로 힘과 속도에서 밀리고 있다.

낙월검법의 변화무쌍함에 반격조차 할 수 없다.

'상상 이상이다.'

오랜만에 자기보다 강한 상대를 만난 천우진이었으나 경험 많은 그는 당황하지 않았다.

'하지만 내가 이긴다.'

천우진은 이기는 싸움을 할 줄 알았다.

불리할 때는 불리한 대로, 유리할 때는 유리한 대로 언제나 승리했다.

현 상태의 이서하를 상대하는 방법은 간단하다.

'제풀에 지쳐 죽을 때까지 버티면 되겠지.'

지지 않는 싸움을 하기만 하면 된다.

절대 반격하지 않고 최대한 안전하게.

큰 동작 하나 없이, 공격 한 번 없이 그저 방어만 하다 보면 언젠가 혼자 쓰러지리라.

무사의 자존심?

정정당당함?

그런 것을 외치던 놈들은 이미 전부 죽었다.

그렇게 한참 검을 나누는 순간이었다.

"커헉!"

이서하가 피를 토했고 천우진은 뒤로 물러났다.

완벽한 반격의 기회에서도 그는 공격하지 않았다.

이대로 가면 승리가 보장되어 있다.

그 어떤 모험도 할 필요가 없다.

그렇게 천우진은 서서히 이서하를 죽여 가고 있었다.

분명 내가 압도하고 있다.

하지만 천우진을 뚫어 낼 수가 없다.

근력도, 속도도 내가 앞서지만 천우진은 모든 공격을 방어해 내고 있었다.

극양신공 이후 사용하는 낙월검법의 변화는 인간의 한계를 초월한 것이다.

뼈가 없는 것처럼 관절을 비틀면서도 체중을 실어 공격한다.

처음 낙월검법을 상대하는 적은 반응조차 하지 못해야 한다.

하지만 천우진은 그렇지 않았다.

마치 원래 알고 있다고 말하는 듯.

그는 당황한 기색 하나 없이 나의 검을 전부 쳐 내고 있었다.

그리고 이는 한마디로 설명할 수 있었다.

재능 차이.

단 한 번 본 것만으로도 천우진은 낙월검법을 이해했고 나는 아직도 낙월검법을 완벽하게 이해하지 못했다.

'망할.'

무력감이 나를 옭아맨다.

모든 것을 쏟아부어도 안 되는가?

미래를 알기에 나는 모든 것을 잃었다.

웬만한 대가문 자제들도 구경조차 할 수 없는 일급 영약, 만년하수오와 공청석유까지 복용했다.

그래도 안 되는가?

내 목숨 하나로는 천우진을 이길 수 없는가?

그리고 그때였다.

"커헉!"

피.

몸속에서 역류해 나온 것인가?

다행히도 빈틈이 나온 순간 천우진이 뒤로 물러났기에 죽음은 면할 수 있었다.

하지만 상황은 좋지 않다.

나는 죽어 가고 있다.

"슬슬 끝이냐?"

"아직 멀었어."

"그래. 의지는 좋네."

천우진은 의기양양하게 말했다.

"공청석유의 기운을 제대로 흡수한 거 같지만 이대로 가면 네 몸이 먼저 타 버릴 거다. 너의 몸은 아직 그 정도의 기를 견딜 수 있지 않아. 다 타 버린 초와 같이 이제 꺼질 일만 남은 거 같은데. 아닌가?"

"그럼 꺼지기 전에 너를 태워 버리면 되겠네."

"그래, 끝까지 해 봐."

천우진은 어깨를 으쓱했다.

안다.

그의 말이 전부 옳다는 것을.

지금 나는 작은 초에 거대한 불을 피운 상황이다.

그만큼 초는 더 빨리 녹아 사라질 것이다.

천우진이 해야 할 일은 그저 초가 다 녹아 없어질 때까지 최대한 안전하게 피해 다니면 될 일이다.

'내가 혼자 쓰러져 죽을 때까지 기다릴 생각이구나.'

섣불리 움직일 수가 없다.

나의 몸 상태를 생각한다면 이번이 마지막 기회일 가능성이 크다.

어떻게든 기회를⋯⋯.

"죽어어어어!"

고민하는 순간 최효정의 목소리가 들렸다.

상처투성이에 서 있는 것조차 힘들어 보이던 그녀는 마지
막 힘을 다해 천우진을 향해 달려들고 있었다.

나는 바로 최효정을 따라 움직였다.

'마지막 기회다.'

그리고 유일한 기회였다.

이번 공격으로 최효정은 십중팔구 죽을 것이다.

그녀 또한 죽음을 각오하고 나를 위해 틈을 만들려는 것
이다.

그것을 알기에 이번에 꼭 죽여야만 한다.

그렇게 동귀어진이 이루어지려는 순간이었다.

"이 개새끼야아아아아아아!"

반대편에서 우렁찬 함성과 함께 한 남자가 달려들었다.

온 신경이 나와 최효정에게 쏠려 있던 천우진은 짐짓 놀란
듯 몸을 돌렸다.

"오⋯⋯."

강무성이었다.

최효정의 상처를 본 듯 눈이 돌아간 그는 다짜고짜 공격을
퍼붓기 시작했다.

나는 다시 움직이는 최효정을 잡은 뒤 고개를 흔들었다.

이제 그녀가 목숨을 걸 필요가 없다.

그러나 강무성의 지원도 순간일 뿐이었다.

천우진은 강무성을 두 합 만에 튕겨 냈고 중심을 잃은 그에게 달려들었다.

"무성아!"

나는 최효정이 외침과 동시에 달려 나갔다.

천우진은 강무성을 최대한 빨리 처리할 생각이었다.

그렇게 놔둘 수는 없다.

강무성이 있어야만 나에게 승산이 있다.

'어떻게든 살린다.'

하지만 천우진이 더 빠르다.

최효정을 말리는 사이 이미 두 사람의 거리는 다 좁혀진 상태였다.

늦는다.

그렇다면 강무성이 막아 주기만을 바랄 뿐이다.

온 감각이 각성한 나의 눈에는 천우진의 공격이 느리게만 보였다.

강무성은 반응하지 못하고 있었다.

검을 들어서 막더라도 자세가 무너져 힘에서 밀릴 수밖에 없어 보였다.

'이런⋯⋯!'

조금 더 빠르게.

조금만 더 빠르게.

다리의 근육이 찢어지게 달렸지만 결국 내가 도착하기도 전에 천우진의 검이 강무성을 향해 떨어졌다.

그때였다.

은빛으로 빛나는 아린이 두 사람 사이에 끼어들어 한쪽 팔을 들었다.

순간 식겁했으나 천우진의 검은 아린의 팔에 막혔다.

귀혼갑.

음기를 흡수해 그 어떤 것보다 단단해지는 절대 방어의 보구.

아린은 두려움 하나 없이 보구를 사용했다.

"뭐?"

그 냉정했던 천우진마저 놀랄 수밖에 없었다.

아무리 귀혼갑을 입었다고 하더라도 팔로 검을 막는다는 발상은 쉽게 할 수 없을 테니까.

아린은 다른 쪽 팔로 천우진을 날렸다.

펑! 하는 소리와 함께 천우진의 몸이 붕 떠서 날아가고 나는 그 순간을 놓치지 않고 천우진에게로 달려들었다.

"흐읍!"

순간 천우진과 눈을 마주쳤다.

천우진은 이를 악물고 자세를 고쳐 잡으려 했지만 아린이 혼신을 담아 날린 일격은 아무리 천우진이라도 쉽게 회복할 수 있는 것이 아니었다.

"우오오오오!"

처음으로 천우진이 기합을 넣었다.

나는 내 몸에 남은 모든 기를 양기로 바꾸며 최후의 일격을
가했다.

낙월검법, 천양겁화(天壤劫火).

하늘과 땅을 태워 버리는 멸망의 불꽃이 천우진을 덮쳤다.

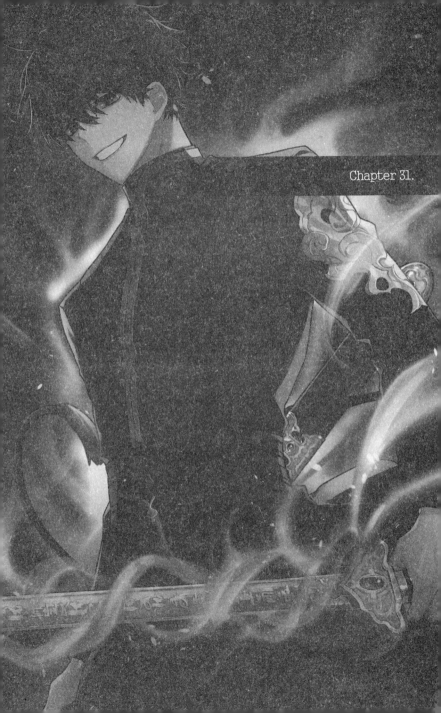

Chapter 31.

뜨겁다.

천우진은 이서하가 뿜어내는 양기의 열기를 온몸으로 받았다.

처음부터 반응이 늦어졌다.

이서하는 동귀어진을 선택한 듯 더 빨라졌고 그의 검은 예상조차 할 수 없을 정도로 변화무쌍했다.

그렇게 이서하의 공격을 받아칠 때 근본적인 의문이 들었다.

이 아이는 어째서 이렇게 싸우는 것일까?

무엇이 이서하를 이리도 필사적으로 만들었는가?

공청석유를 마시고, 암부와 싸우며, 약관이 되기 전에 북대우림으로까지 이끌었을까?

'너는 어째서 그리 필사적인가?'

자신의 과거 모습이 떠오르기 시작했다.

천우진도 한때는 필사적으로 살았다.

평민 출신으로 선인에 올라설 때까지 언제나 목숨을 걸고 노력했다.

재능도 있었고 운도 따라 주었다.

그렇게 세상을 바꾸고 싶었다.

적어도 자기 자신을 둘러싼 세상을 바꾸고는 싶었다.

부대원들이 전부 죽고 총사령관의 목을 베기 전까지는 말이다.

'모든 것이 덧없다.'

노력도, 재능도 모든 것이 덧없게 느껴졌다.

썩은 물이 내려오는데 어찌 깨끗함을 유지할 수 있을까?

그래서 포기했다.

아무 생각 없이 살면 그걸로 괜찮은 인생을 살 수 있었으니까.

'짜증 난다.'

눈꼴시다.

목숨까지 걸어 가며 무엇을 하려는가?

재능도, 노력도, 그리고 배경도 있는 저 아이가 왜 필사적일까?

무사란 소모품이다.

언뜻 보면 대접받는 것만 같지만 이 땅에서 가장 천하게 소비되는 소모품이다.

북대우림에서 죽어 간 무사는 몇 명이던가?

대가문들의 분쟁에서 죽어 간 무사는 몇이던가?

제대로 된 정보조차 없어 사지로 걸어 들어간 무사는 도대체 몇이던가?

그 이후로 천우진은 임무에 목숨을 걸며, 죽음을 명예라고 말하는 무사들이 싫었다.

누구도 알아주지 않음에도 목숨을 바쳐 싸우는 무사들이 싫었다.

열심히 살면 손해다.

그렇기에 이서하가 싫다.

모든 것에 마음을 다하는 저 까마득한 후배가 한심하고 짜증 나 미쳐 버릴 것만 같다.

그리고 그 순간이었다.

촤악!

어깨에서 피가 솟아오르고 천우진은 정신을 차렸다.

10번째 공격에서 천우진의 방어가 뚫렸다.

천양겁화(天壤劫火).

총 18개의 변화로 이루어진 초식이었다.

단 한 번의 공격만 들어가도 적은 겁화(劫火)에 치명상을 입을 수밖에 없다.

그러나 그만큼 막대한 양의 내공과 체력을 소모한다.

이번 공격으로 끝내야 한다.

이번 기회가 마지막이다.

"우오오오!"

속에 있던 응어리를 토해 내며 나는 공격을 가했다.

천우진도 만만치는 않았다.

자세가 무너진 상황에서도 그는 이를 악물고 나의 공격을 따라왔다.

'반드시 죽인다.'

첫 번째, 두 번째, 세 번째 공격은 막혔다.

이대로는 안 된다.

조금 더 빠르게.

조금 더 강하게.

계속 몰아친다.

뒤는 생각하지 않는다.

오직 지금 이 순간만을 산다고 생각하며 나는 몸 안에 남은 기를 전부 양기로 바꾸었다.

순간 눈에서 무언가 흘러내리는 것이 느껴졌다.

시야가 붉게 물든다.

174

안구의 실핏줄이 전부 터져 버린 것이 분명했다.

그러나 멈출 수는 없다.

마지막 남은 나의 생명이 다 녹아 버리는 한이 있더라도 이번에 끝내리라.

'나는…….'

절대로 실패할 수 없다.

이번 인생에 실패는 허락되지 않는다.

이윽고 10번째 공격에서 나의 검이 천우진의 어깨를 베었다.

피가 터져 나오고 동시에 불탄다.

"크윽!"

천우진이 뒤로 물러나고 나는 그를 따라갔다.

다음 공격을 수차례 피한 천우진의 몸이 중심을 잃고 쓰러지고 나는 검을 높게 들었다.

천우진은 나를 바라보며 외쳤다.

"도대체 너는 왜……!"

그의 말을 들어 줄 의리는 없다.

나는 망설임 없이 검을 내려쳤다.

천우진의 가슴이 사선으로 베어지고 불꽃이 그의 피를 증발시켰다.

마지막 18번째 공격이 끝나고 천우진은 뒤로 물러났다.

전부 쏟아 냈다.

나는 사선으로 검을 내려친 자세로 굳어 있다 천천히 고개를 들었다.

천우진이 허망한 얼굴로 자신의 상처를 내려 보고 있다.

"하아……."

치명상이다.

분명 손에 느낌이 있었다.

천우진은 모든 것을 체념한 사람처럼 주변을 돌아보다 쓰러져 있는 서도영에게 걸어가 앉았다.

마지막 순간까지도 이상한 사람이다.

잠시 거친 숨을 몰아쉬던 천우진은 나를 바라보며 말했다.

"넌 무엇을 꿈꾸느냐?"

"……."

다소 뜬금없는 질문이었기에 나는 답하지 않았다.

천우진은 잠시 기다리다 입을 열었다.

"네가 아무리 노력해 봤자 이 세상은 바뀌지 않는다. 네가 목숨을 걸고 그렇게 싸우면 저 윗사람이나 좋아하겠지. 우리는 소모품이다. 아무리 강하더라도 말이지. 네가 날 죽여 이놈의 가문이 좋아하겠군. 그런데 너는 무엇을 얻지?"

천우진은 쓸쓸하게 웃었다.

그의 말대로다.

무사는 소모품이다.

어차피 저 위에서 정치하는 놈들은 전장에 나오지도 않는다.

죽는 사람 따로 있고 덕 보는 사람이 따로 있다.

천우진도 그것이 질려 떠난 것이다.

자유롭게.

그 어떤 것에도 구애받지 않으며 살려고 말이다.

천우진은 말을 이었다.

"책임감을 가지면 이용당한다. 이서하. 너는 평생 이용당할 생각이냐?"

"……."

나도 회귀 전에는 천우진과 같은 선택을 한 적이 있다.

모든 책임에서 벗어나고 싶었다.

누군가가 나를 위해 희생할 필요도 없고, 내가 누군가를 위해 희생할 필요도 없는 그런 삶을 살고 싶었다.

자유롭게.

오로지 내가 원하는 대로.

내 선택이 남에게 영향을 주지 않고, 남의 선택이 나의 인생에 영향을 주지 않는 그런 삶을 원했다.

그게 좋은 삶이라고 생각했었다.

하지만 그렇지 않았다.

혼자 사는 인생에는 그 어떤 감정도 없이 절망적일 뿐이었다.

그 무엇도 책임지지 않는 인생은 공허할 뿐.

적어도 나는 그렇게 느꼈다.

천우진도 같은 것을 느꼈을까?

"그래서 행복하셨습니까? 그 무엇도 책임질 필요가 없는 삶은 즐거우셨습니까?"

"……."

천우진은 대답을 하지 않았다.

아마 지키지 못한 부하들을 생각할 것이다.

버렸던 꿈들이 생각날 것이다.

내가 그랬으니까.

실패가 두려워 할 수 있는 일은 단 하나도 시도하지 않았으니까.

고민하던 천우진은 천천히 고개를 숙였다.

마지막이라서 솔직해진 것일까.

그는 희미하게 웃으며 말했다.

"사실 생각보다 별로였어. 참으로……."

말끝을 흐리던 그는 천천히 눈을 감았다.

이윽고 그의 작은 숨소리가 사라졌다.

전설적인 무사는 누구보다 초라하게 눈을 감았다.

"하아."

이겼다.

어떻게 이겼는지도 모르겠지만 어쨌든 이겨 냈다.

나는 아린이를 돌아봤다.

아린이가 감격한 얼굴로 나를 향해 걸어온다.

양팔을 벌려 안아 주려는 순간 입으로 무언가 흘러들어 왔다.

쩝쩝거리며 손으로 닦자 붉은 피가 보였다.

"이게 무슨……."

순간 시야가 온통 붉은 빛으로 바뀌었고 몸이 저절로 뒤로 넘어갔다.

그것이 북대우림에서의 마지막 기억이었다.

◆ ◆ ◆

천우진의 고개가 떨어지고 아린은 바로 자리에서 일어났다.

일어날 힘도 없는 그녀였지만 서하에게 달려가기 위해 비틀거리며 일어났다.

그리고 그 순간이었다.

칠공분혈(七孔噴血)과 함께 서하가 뒤로 쓰러지기 시작했다.

"꺄아아아아악!"

아린은 비명과 동시에 서하를 향해 달려들었다.

바닥으로 쓰러지기 전에 서하를 받아 든 아린은 재빨리 호흡과 맥박을 확인했다.

그러나 당황한 아린에게는 그 무엇도 들리지 않았다.

"……서하야."

죽었다.

아린은 하얗게 질린 채 머리를 쥐어 잡고 벌벌 떨기 시작했다.

"아니야, 아니야, 아니야."

"정신 차려! 유아린!"

아린이 망가지는 것에 소름이 돋은 강무성이 달려와 서하의 상태를 살폈다.

그나마 냉정함을 유지하고 있던 강무성은 희미한 맥박과 호흡을 잡아냈다.

"아직 살아 있어! 정신 차려! 서하 죽일 거야?"

"살아…… 있어요?"

"당연히 살아 있지. 지금 당장 숲을 빠져나간다."

양기 폭주로 인한 부작용이 분명했다.

솔직히 말해 아직 살아 있다고 할 수 없다.

강무성은 양기 폭주를 서하만큼 사용한 사람은 본 적이 없다.

그 부작용이 얼마나 심할지는 약선님만이 알 것이다.

"유아린. 거흑랑을 불러. 마수들과 함께 이 숲을 빠져나갈 거야. 숲을 빠져나간 뒤에는 내가 업고 약선님에게 간다. 할 수 있지?"

아린은 대답하지 않고 바로 음기를 끌어올렸다.

그와 동시에 사방에서 거흑랑이 뛰어나왔고 아린은 서하를 안고 그 위에 올라타고는 다짜고짜 달리기 시작했다.

강무성은 그 뒷모습을 보며 한숨을 내쉰 뒤 최효정을 바라봤다.

상처투성이의 최효정은 홀로 붕대를 감으며 말했다.

"가, 빨리. 나는 신경 쓰지 말고. 아린이 정신 상태도 안 좋은 거 같은데."

안다.

강무성은 제자를 우선할 것이다.

서하는 그만큼 위독했으니까.

그래도 조금은 서운하다.

상처에 홀로 붕대를 감아야만 하는 이 상황이.

그때 강무성이 최효정의 앞에 등을 보이며 쭈그려 앉았다.

"빨리 업혀. 따라가야 해."

"……나 업고 달리게?"

"그럼 두고 가?"

최효정은 거부하지 않고 강무성의 목에 팔을 감았다.

강무성은 그런 그녀의 팔을 슬쩍 보고는 표정을 굳혔다.

"미안해. 조금 더 빨리 왔어야 했는데."

"그러게."

최효정은 미소를 머금으며 말했다.

"근데 항상 늦잖아. 너."

"그랬나?"

"응. 항상 늦어."

지금도 많이 늦어지고 있다.

◆ ◈ ◆

북대우림 원정 결과 보고는 빠르게 전달되었다.

"1군단은 전멸. 생존자는 단 두 명입니다."

"이서하는 그 두 명에 있나?"

"있습니다."

"그럼 됐다. 자세한 건 직접 읽으마."

"네, 전하."

북대우림 원정이 실패로 돌아간 것은 뼈아프다.

천 명의 무사는 결코 적은 전력이 아니다.

매년 무과에 통과하는 인원을 생각한다면 절대로 그냥 넘어갈 수 없는 실패였다.

하지만 신유철은 무표정하게 보고서를 살폈다.

보고서를 쓴 것은 최효정이었다.

이서하의 바로 옆에서 처음부터 끝까지 모든 상황을 알고 있었기에 보고서는 상세하게 적혀 있었다.

서도영의 무리한 진격.

마수의 기습.

천우진의 등장과 서하의 활약까지.

보고서를 끝까지 읽은 신유철은 이마를 짚었다.

"천우진이 죽었다고, 그 천우진이."

천우진이라는 이름은 신유철에게도 잘 알려져 있었다.

재능 있는 무사들을 누구보다 소중하게 생각하는 신유철이 모를 리가 없다.

자그마치 차기 무신 후보로 불리던 재능인 만큼 직접 그가 싸우는 모습을 본 적도 있다.

"과장이 아니었지."

무신이 될 재능이라는 것은 결코 과장이 아니었다.

그렇기에 이번 보고서는 더욱더 충격적이었다.

이서하가 천우진을 이겼다.

물론 강무성과 최효정의 개입이 있었다고는 적혀 있다. 거기에 다른 선인들이 합공했다는 것까지.

모르는 사람이 보았으면 수십 명이 달려들어 겨우 천우진 하나를 죽였다고 생각할 것이다.

하지만 그건 틀린 말이다.

'천우진이라면 그런 피라미들은 단칼에 썰어 버렸겠지.'

만약 천우진이 과거보다 더 성장했다면 백의선인들은 상대도 되지 않았을 것이다.

고양이 100마리가 달려든다고 호랑이를 사냥할 수는 없는 법이다.

적어도 늑대 한 마리는 있어야 한다.

호랑이의 숨통을 끊을 정도로 강한 힘을 가진 존재가.

그리고 이서하가 바로 그 늑대다.

"철혈. 자네의 후계자가 나왔구나."

이서하는 아직 살아 있다.

고작 16살인 그 아이는 앞으로도 무궁무진하게 강해질 것이고 손자 신유민의 검이 되어 줄 것이다.

검증은 끝났다.

천 명의 무사가 죽었음에도 새로운 영웅이 탄생했으니 그것만으로도 충분한 성과다.

천우진을 16살짜리.

그것도 철혈의 손자가 죽였다.

이건하가 전초 기지를 세운 것은 저잣거리 소문조차 될 수 없을 정도로 큰 파장을 일으킬 것이다.

"새로운 영웅의 시작을 맞이하러 가 볼까?"

신유철은 기대 가득한 얼굴로 미래를 바라보고 있었다.

◆ ◈ ◆

"……."

괴팍한 노인네의 주름진 얼굴이 보인다.

내 스승님. 약선님이다.

"……저 살았네요?"

"그러게 말이다. 너 명이 길구나? 이번에는 정말로 죽는 줄 알았는데 말이다."

"에이, 약선님이 있는데 무슨 농담도."

"아니, 진짜야. 너 사지가 다 썩어서 잘라 내 버렸다."

아니, 그게 무슨 소리요. 의사 양반.

나는 화들짝 놀라 양팔을 올려 보았다.

184

다행히도 팔이 있다.

진짜 놀랐잖아.

나는 놀란 가슴을 쓸어내리며 말했다.

"겨우 정신 차린 사람을 이렇게 놀래켜도 되는 겁니까?"

"놀라야지. 그래야 이런 병신 같은 짓을 다시는 하지 않을 거 아니냐?"

"어쩔 수 없었습니다. 천우진이었다고요. 천우진."

"알아. 강무성이한테 들었다. 한번 일어나 봐라. 몸 상태가 어떤지 직접 움직여 봐야 알겠지."

"그래도 괜찮습니까?"

"못 움직이겠으면 하지 말고."

약선님의 말대로 나는 몸을 일으켰다.

생각보다도 몸이 가벼웠다. 완벽하게 회복되었다고 해도 과언이 아닐 정도다.

"제가 얼마나 누워 있었습니까?"

"나흘 누워 있었다."

"생각보다 얼마 안 누워 있었네요. 바로 복귀해도 되는 겁니까?"

"그래, 바로 복귀해도 된다. 대신 설명 하나만 듣고 가라."

약선님은 도자기 하나를 가져오더니 말했다.

"이 도자기가 너의 몸이라면 지금 네 몸 상태는 이러한 상태다."

약선님은 설명과 함께 도자기에 내공을 불어넣었다.

쩌억! 하는 소리와 함께 도자기에 금이 갔으나 형태가 부서질 정도는 아니었다.

"이렇게 금이 간 상태지. 하지만 부서진 건 아니기에 제 역할을 할 수 있다. 이렇게 말이야."

약선님은 거미줄처럼 촘촘하게 금이 간 도자기에 물을 담은 뒤 흔들었다.

물은 새지 않았다.

"이 도자기도 자기가 괜찮다고 생각하겠지. 물도 안 새고, 형태가 부서진 것도 아니니까. 하지만 이 상태에서 조금만 충격이 가해진다면……."

약선님은 손가락을 튕겨 도자기를 부쉈다.

산산조각이 난 도자기에서 물이 쏟아졌다.

"이렇게 부서지고 말 것이다."

어색한 정적이 나와 약선님 사이를 감돌았다.

알고 있다.

내 몸 상태는 부서지기 일보 직전이라는 것을.

"……양기 폭주를, 극양신공을 다시는 사용할 수 없는 겁니까?"

"아니, 그건 아니야. 인간의 몸은 도자기보다 강하니 어느 정도는 버틸 수 있을 거다. 하지만 이번처럼 극단적으로 사용하면 넌 필시 죽는다. 사실 이번에 안 죽은 것도 무식할 정도로

단련된 너의 기혈이 버텨 주었기 때문이야."

칠공분혈을 하고도 살아 있는 것은 기혈이 완전히 끊어지거나 뒤틀리지 않은 덕분이다.

신로심법을 수련한 이유도 여기에 있다.

조금이라도 더 극단적인 극양신공을 사용하기 위해서 말이다.

"다시 회복할 수는 있는 겁니까?"

"회복할 수는 있다. 인간의 몸은 도자기와 달리 시간이 지나면 회복되기도 하니까."

"얼마나 걸리겠습니까?"

"그건 네가 하기 나름이겠지. 하지만 절대로 전과같이 완벽한 상태로 돌아갈 수는 없을 거다. 한번 부서진 것은 아무리 섬세하게 이어붙인다고 한들 하나가 될 수는 없는 법이라는 걸 명심해라."

"명심하겠습니다."

"그래."

약선님은 표정이 좋지 않았다.

어쩔 수 없다.

극양신공을 사용하기로 한 그 시점부터 나는 내 몸이 망가지는 것을 신경 쓰지 않기로 했다.

신경 쓰지 않기로⋯⋯.

"서하야."

그때 아린이가 걸어 들어오다 발을 멈췄다.

그리고는 바로 달려들어 품에 안긴다.

전과는 다르게 흐느끼는 것이 느껴졌다.

생각보다 격한 반응에 당황하고 있자 약선님이 의미심장
하게 말했다.

"정말로 내 말을 명심해야 할 거다."

"……그래야겠네요."

책임감이 점점 늘어나는 기분이었다.

몸 상태는 괜찮았으나 나는 약선님의 의원에서 며칠을 더
머물렀다.

상황을 살피기 위함이었다.

다행히도 내가 깨어난 그날 저녁 유현성이 찾아왔다.

"죽을 뻔했다고 들었다."

"네, 그렇습니다."

"네가 죽으면 아린이의 부동심법이 깨지고 미쳐 버린다는
것을 생각했느냐?"

"생각은 했지만……."

"그럼 그런 행동을 하지 말았어야지."

목소리는 차가웠으나 그의 감정이 실려 있었다.

"혼자만의 목숨이 아니니 잘 간수해라."

"알겠습니다."

"그리고 네가 알아야 할 것이 많다."

"제가 알아야 할 것 말입니까?"

"국왕 전하께서 직접 나에게 부탁하신 일이다."

국왕 전하께서 직접 유현성에게 부탁할 정도의 일이라면 신유민 왕자 저하에 관한 일밖에는 없다.

"국왕 전하께서는 너를 북대우림의 영웅으로 세우셨다. 현재 후암이 저잣거리에 너의 무용담을 퍼트리고 있지. 이건하가 세운 전초 기지는 완전히 묻혔고."

"……그건 좋은 일인지 나쁜 일인지 모르겠네요."

"나도 그렇게 생각한다."

내가 만약 극양신공 없이, 아니 극양신공을 사용하더라도 몸에 무리가 안 가는 선에서 천우진을 이겼다면 좋은 일이 맞다.

과도한 관심을 받기에 충분한 실력이 있다는 것이니 부담스러울 필요도 없다.

하지만 나는 약하다.

천우진을 이겼다는 사실만으로도 많은 강자들이 나를 주목할 것이다.

전설을 이겼으니까.

'계속해서 실력을 보여 주지 못하면 기대감은 점점 조롱으로 바뀔 것이다.'

기대감과 실망감은 비례한다.

하지만 국왕 전하가 벌이고 있는 일이다.

'괜찮아. 앞으로는 큰일이 많지 않다.'

북대우림 원정과 같이 모두의 이목을 끄는 사건에 연루될 일은 없다.

물론 이번에도 천우진이 튀어나오는 바람에 필요 이상으로 주목받는 느낌이 있지만 말이다.

"1군단은 전멸했으나 위대한 희생이라는 것으로 얼버무렸다. 죽인 마수의 수와 천우진의 이름을 말하면서 말이야. 서도영은 가문의 복수를 하고 죽은 사령관으로 포장되었지. 안 그래도 해남(海南) 서씨에서 너에게 감사 인사를 전하고 싶다고 하더구나."

해남(海南) 서씨에게 나는 가문의 철천지원수를 갚아 준 은인이다.

속이 구린 집안이지만 힘은 무시할 수 없다.

성도(成都) 김씨, 그리고 운성(运城) 한씨와 사이가 틀어질 때로 틀어진 나에게는 꽤 괜찮은 아군이다.

"전력 소모는 큽니까?"

"크지. 상급, 중급 무사들이 1,000명이나 죽었고 선인도 열 명이 넘게 죽었다. 작은 손실은 아니야."

"그렇군요."

결국 1,000명의 무사는 하나도 살리지 못했다.

작전은 실패다.

하지만 얻은 것이 없는 것은 아니다.

이건하의 영향력을 뺏어 온 것은 그나마 다행이라고 할 수 있었다.

내가 주목받지 않았다면 이번 사건을 기점으로 이건하의 영향력이 폭발했을 테니 말이다.

"지금부터는 몸을 사리도록 해라. 너를 보는 무사들의 시선은 이미 바뀌었으니까."

유현성은 자리에서 일어났다.

그가 한 말은 밖으로 나가자마자 확 체감되었다.

내 얼굴을 아는 무사들은 하나같이 모두 내 눈치를 보았고 모르더라도 이름 한 번에 벌벌 떨었다.

그렇게 돌아간 성무학관.

한영수의 패거리도 눈치를 보며 나를 피했고 상급생들은 질투 어린 시선을 보내왔다.

그러던 중 박민주가 먼저 다가와 말했다.

"괜찮아? 진짜 큰일 날 뻔했다며? 몸은 좀 괜찮은 거야?"

"응. 보다시피 아무렇지 않아."

"이서하."

뒤늦게 달려온 상혁이가 나를 향해 손을 내밀었다.

"다음에는 꼭 같이 갈 거니까 그렇게 알아라."

"안 그래도 다음에는 데리고 갈 생각이니까 빨리 강해져라. 이 약골아."

"야! 진짜 아슬아슬하게 졌거든! 물론 네가 전력을 다한 건 아니지만……."

상혁이는 한숨을 내쉬고는 미소 지었다.

"무사해서 다행이다."

"그래. 다행이지."

이제야 집으로 돌아온 느낌이었다.

◆ ◈ ◆

암부의 단주인 예담은 수도에 들어와 있었다.

이주원의 홍등가에서 그녀는 묵묵히 곰방대를 피울 뿐이었다.

"천우진……."

오랜 친구였다.

20대에 사령관을 죽이고 암부로 도망쳐 온 그 순간부터 천우진은 예담을 누님이라고 부르며 잘 따랐다.

좋은 추억도 많았다.

천우진은 암부에게 있어 가장 날카로운 검이었고 의뢰를 가려 받지도 않았다.

좋은 동료였다.

아주 좋은 동료.

"멍청한 놈."

그런 그가 죽었다.

고작 16살짜리에게.

'일대일은 아니었겠지만……'

충격적인 일일 수밖에 없었다.

하지만 예담은 무표정했다.

마치 감정이 없는 것처럼. 화려한 화장과 복장 안에는 그 어떤 향기도 없는 굳은 얼굴뿐이다.

그때 기다리던 인물이 들어왔다.

신태민이었다.

"좀 늦었군. 기다리고 있었나?"

"저도 방금 왔습니다."

"이번 일에 대해 말할 것이 있어서 왔네. 천우진. 그쪽에서 이서하를 죽이라고 보낸 암수 같은데. 맞나?"

"맞습니다."

"하지만 실패했지."

신태민은 작게 한숨을 내쉬었다.

이서하는 이건하가 가져갔어야 할 무사들의 존경을 전부 가져갔다.

게다가 전하께서 이서하를 신유민의 검으로 만들고 있다 는 소문도 들린다.

두 가문이 서로 찢어져 싸우는 모양새.

지는 쪽은 모든 것을 잃을 것이기에 민감할 수밖에 없는 신태민이었다.

"다음 시도는 언제 할 건가?"

"아직 그 부분은 말씀하시기 이른 거 아닙니까?"

신태민은 앞에 놓인 육회를 입에 가져가다 예담을 올려 보았다.

그리고는 코웃음을 치며 말했다.

"그래, 네 동료가 죽었지. 그건 안타까운 일이라고……."

"아뇨. 그런 이야기가 아닙니다."

신태민은 고개를 갸웃했다.

그런 얘기가 아니라고?

예담은 희미한 미소와 함께 말했다.

"가격 측정이 잘못되지 않았습니까? 이서하는 이제 막 선인이 된 수준이라고 알고 있었고 그에 걸맞은 값을 내셨죠. 하지만 이서하는 천우진을 죽였습니다. 값이 달라져야 하지 않겠습니까?"

"……이미 계약한 거로 아는데?"

"그건 천우진이 죽으며 사라진 계약입니다. 실패했으니 돈은 돌려 드리죠. 있느냐?"

예담이 외치자 한 여자가 들어와 상자를 내려놓았다.

"확인해 보시죠."

신태민은 확인할 필요도 없다는 듯 상자를 다시 예담에게
로 밀었다.

"얼마를 더 바라지?"

"5만 관입니다."

5만 관.

은악이 2만 관이었다는 것을 생각한다면 은악을 2개 사고
도 1만 관이나 더 남는 양이었다.

신태민은 어이가 없다는 듯 피식 웃으며 말했다.

"어떻게 5,000냥이 5만 관이 되는 건지 말해 주겠나?"

"백의선인이야 5,000냥 정도면 충분하겠죠. 하지만 천우진
을 이긴 이상 이서하는 무신 등급으로 올라갔습니다."

암부에서는 목표에 등급을 매겼다.

무신, 현경, 화경, 초절정, 그리고 절정이다.

선인부터는 절정으로 불린다.

백의선인이어도 초절정, 화경일 수도 있고 색의라고 하더
라도 절정 정도밖에 안 될 수도 있다.

그런 의미로 이서하는 절정 등급이었다.

하지만 지금은 다르다.

이서하는 무신 등급이다.

현경 등급인 천우진을 이겼으니까.

"5만 관. 냥으로 따지면 50만 냥이네요. 준비해 오시죠. 그
럼 최고의 살수들로 반드시 이서하를 죽이겠습니다."

195

"……."

신태민은 가만히 예담을 노려보다 말했다.

"아주 돈에 미쳤구나?"

"그럼요. 돈밖에 믿을 게 없는걸요."

신태민은 육회를 질겅질겅 씹다가 고개를 끄덕이고는 젓가락을 놓았다.

"단주의 뜻은 잘 알겠네."

신태민이 표정을 굳히며 나가자 예담은 처음으로 미간을 찌푸렸다.

그와 동시에 밖에 있던 이주원이 말했다.

"괜찮겠습니까? 왕자님 기분이 별로 좋아 보이지 않는데요?"

걱정스러운 말을 실실 웃으면서 뱉는 이주원이었다.

예담은 콧방귀를 뀌며 곰방대를 입에 물었다.

"그럼 자기가 어쩔 거야? 이미 온 세상이 신유민을 도와주고 있는데. 우리 암부한테라도 잘 보여야 하지 않겠어?"

천우진의 패배는 그 누구도 예상치 못한 사고다.

하지만 그로 인해 신태민에게 기울어져 있던 저울이 단숨에 신유민 쪽으로 기운 건 사실이다.

16살인 이서하가 나이를 먹으면 먹을수록.

더 강해지면 강해질수록 저울은 극단적으로 기울 것이다.

신태민이 그걸 모를 리가 없다.

그러니 5만 관을 준비해 올 것이다.

"우진이가 돈은 많이 주고 가네."

추풍비고부터 이번 일까지.

마지막까지 돈은 많이 벌어 주고 가는 천우진이었다.

그렇게 생각하던 예담은 곰방대를 한 번 빨아들이고는 아랫입술을 깨물었다.

"……개새끼. 병신같이 죽고 지랄이야."

자기도 모르게 숨겨 둔 감정이 새어 나왔다.

이주원은 예담을 바라보다 고개를 돌렸다.

자리를 비켜 주는 것이 예의인 것만 같았다.

북대우림 원정이 끝나고 며칠이 지났다.

사실, 미래는 크게 달라지지 않았다.

회귀 전처럼 1군단은 전멸했고 2군단이 세운 전초 기지는 위태롭게 유지되고 있었다.

그래도 달라진 것이 없지는 않다.

천우진이 죽었고 이건하가 전부 가져갔어야 할 명성을 내가 나눠 가졌으니 최소한의 성과는 있었다.

나는 일상으로 돌아왔다.

언제나처럼 친구들과 수련.

하지만 한 가지 달라진 것이 있었다.

"난 그럼 가 볼게."

아린이는 수련 중 먼저 떠나는 나를 보며 물었다.

"오늘도 왕궁이야?"

"응. 약속이 있어서."

나는 수시로 신유민을 만나러 왕궁으로 향했다.

신유민을 만나 하는 일이라고는 차를 나눠 마시며 정치, 철학, 경제 같은 분야에 대한 담소를 나누다 돌아오는 것뿐이었다.

하지만 그것만으로도 내가 어느 줄을 잡았는지는 확실하게 각인시킬 수 있다.

신유민과 이서하는 하나다.

이걸 모두에게 알려 줄 필요가 있다.

나는 통행증을 보여 주고 왕궁 안으로 들어갔다.

처음에는 나를 막던 문지기들도 이제 꾸벅 인사를 할 뿐이다.

'많이 컸네. 나도.'

회귀 전에는 왕궁이 불타기 전까지는 이렇게 쉽게 드나들 수 없었다.

하급 무사 따위가 마음대로 드나들 수 있는 곳이 아니었으니 말이다.

그때, 저 멀리서 사촌 형, 이건하와 신태민이 같이 걸어오는 것이 보였다.

그의 뒤로는 수많은 무사가 위풍당당하게 걸어오고 있다.

2차 북대우림 원정을 성공적으로 마친 이들이다.

나는 길을 비켜서며 살짝 허리를 숙였다.

그냥 지나가라.

신태민이 말이라도 걸어오면 귀찮아진다.

하지만 꼭 상황은 원하지 않는 방향으로 흘러간다.

"오. 이건하. 네 동생 아니냐?"

"네, 맞습니다. 저하."

"북대우림의 영웅을 이제야 보는구나."

신태민은 반갑게 말을 걸어왔고 나는 작게 한숨을 내쉬었다.

결코 호의로 말을 건 것은 아닐 것이다.

최근 신태민에게 있어 가장 방해되는 인물은 누가 봐도 나
일 테니까.

하지만 이래 봬도 놈은 왕자님이다.

예의를 다할 수밖에.

"영광입니다. 왕자 저하."

"천우진까지 잡았다고 들었다. 어린 나이에 굉장하구나."

"저 혼자 잡은 것이 아닙니다. 그저 선인들이 거의 다 잡은
것을 운이 좋아 제가 마지막 일격을 날렸을 뿐입니다."

"아니, 아니. 천우진 정도 되는 무사에게 마지막 일격을 날
린 것만으로도 대단한 일이니 겸손할 필요는 없네."

그리고는 나에게 귓속말로 말했다.

"그런데 어찌 나약한 내 형님을 따르느냐?"

혹시나 했더니 역시나였다.

신태민은 젊고 강한 지도자로 재능 있는 무사들을 사랑하고 그만큼 대접해 주었다.

신태민이 마냥 멍청하고 권력만 원하는 놈이었다면 신유민을 밀어내고 왕좌를 차지하지도 못했을 것이다.

그런 인물인 만큼 언젠가 나에게도 합류 제안이 올 것이라는 것쯤은 예상하였다.

"나에게로 와라. 섭섭지 않게 대접해 주마. 같은 가문의 사람끼리 함께하는 게 청신을 위해서도 좋지 않겠느냐?"

어떻게 대답하더라도 따르겠다고 하지 않는 이상 신태민은 내 말을 잡고 늘어질 것이다.

현명한 답을 해야 하고 나는 이런 상황에 익숙하다.

다른 지역에서 식객 생활을 하다 보면 이런 대화는 일상이다.

"저하 말씀대로 함께하는 것이 좋겠지요. 저희 청신은 천일(天日) 신씨 가문에 충성을 다합니다."

"……그래?"

신태민은 나를 노려보았다.

이럴 때는 두루뭉술하게 대답하는 게 최고다.

천일 신씨 가문에 충성을 한다는 말은 신유철 국왕 전하에게 충성을 맹세한다는 뜻이다.

그리고 당연히 그의 손자인 신유민과 신태민에게도 충성한다.

뭐라고 트집을 잡을 곳이 없는 대답이다.

신태민의 마음에는 들지 않겠지만 말이다.

그때였다.

"늦어서 나와 봤더니 내 동생한테 잡혀 있었구나."

신유민이 나타났다.

그는 방긋 미소를 지으며 신태민에게 말했다.

"내 손님을 데려가도 되겠느냐? 동생아."

"물론이죠. 인사만 조금 나눴을 뿐입니다."

신태민은 표정을 굳히고 나를 노려보았다.

"그럼 실례하겠습니다."

나는 신태민에게 허리 숙여 인사한 뒤 신유민의 옆으로 갔다.

신유민은 걸어가다 슬쩍 신태민을 보고는 말했다.

"동생과 이야기를 나누는 거 같던데."

"자기 세력에 합류하라고 하더군요."

솔직하게 답하자 신유민이 잠깐 말을 멈추었다.

"그래서 대답은 뭐라고 했느냐?"

"저는 천일 신씨 가문에 충성할 뿐이라고 했습니다."

"잘했구나."

그렇게 걸어가던 신유민은 약간은 불안한 얼굴로 말했다.

"그런데 정말 태민이를 안 따라가도 되겠느냐? 너 같은 무사는 태민이를 따르는 것이 더 좋을 수도 있다."

"그럴 수도 있겠죠."

나의 대답에 신유민이 살짝 표정을 굳힌다.

나를 짝사랑하는 여자애를 보는 것만 같다.

아, 물론 실제로 나를 짝사랑하는 여자를 본 적은 거의 없다.

아린이는 짝사랑보다는 일방적 사랑 같은 느낌이니까.

일단 신유민이 오해하기 전에 내 생각을 바로 말해 줘야겠다.

"신태민 왕자 저하는 권력을 좇고 있습니다. 그의 인생 목
표는 왕좌에 앉는 것이며 그를 위해 최선을 다하고 있죠. 지금
은 반짝반짝 빛나는 것처럼도 보이지만 권력을 얻는 순간 그
빛은 사라질 겁니다. 목표를 잃은 지도자만큼 공허한 사람은
없죠. 권력만을 위한 군림은 오래갈 수 없는 법입니다."

오직 권력만을 좇아 왕좌에 앉은 사람은 동서고금 모두 피
폐해지기 마련이다.

권력을 좇을 때는 빛나겠지만 지킬 때는 모든 이들을 의심
하며 심지어 자기 자식마저 죽인다.

신태민도 그러했다.

권력을 얻은 뒤로는 위협이 되는 모든 이들을 멀리하며 오
직 자신의 사람들로 요직을 채웠다.

그것도 이건하를 제외하면 전혀 위협이 안 되는 능력 없는
것들뿐.

덕분에 왕국은 분열되었고 나찰과의 전쟁에서 패배한다.

왕좌에 앉을 때까지만이 신태민의 전성기.

그 뒤로 신태민은 암군(暗君)이 되어 버린다.

"그에 비해 신유민 저하께서는 권력이 아닌 이 나라의 미래를 보고 계시니 죽는 그 순간까지 무너질 리 없겠죠. 저는 그런 주인을 바랍니다."

"호오. 역시."

신유민은 흡족하게 웃었다.

"나는 너에게서 그런 확실한 대답을 원했다. 서하야."

"저도 확실한 대답을 원합니다. 계속 뜻을 이어 갈 자신이 있으십니까?"

"물론이지. 그럼 오늘은 서역의 사회 계층에 대해 말할 차례였지? 기대되는구나. 어서 가자."

신유민은 신이 나서 걸어갔고 나는 놀란 눈으로 나를 바라보는 왕궁 사람들을 살펴보았다.

신유민이 이토록 신이 난 모습을 처음 본 것이다.

'생각보다 괜찮은 사람이다.'

신유민에 대해서는 알려진 것이 적었다.

그렇기에 그의 성격과 사상에 대해 걱정할 수밖에 없었다.

천만다행하게도 괜찮은 사람이다.

왕으로 만들기에도, 왕으로 모시기에도.

Chapter 32.

Chapter 32.

시간은 흘러 무과 시험의 계절이 돌아왔다.

지금까지 무과는 전혀 신경 쓰지 않았으나 이번에는 아는 사람이 지원하는 만큼 조금은 궁금해졌다.

그 아는 사람은 바로 박민아다.

상혁이에게 패배한 뒤 폐관 수련에 들어가 있던 그녀는 무과가 시작할 때까지 코빼기도 보이지 않다 당일이 되어서야 나타났다.

수련을 마친 그녀는 쉬지도 않고 바로 무과에 참가했고 오늘이 바로 3박 4일의 무과 시험이 끝나는 날이었다.

나는 상혁이, 그리고 박민주와 함께 최종 장소에 붙은 게시

판을 살폈다.

그곳에는 아직 탈락하지 않은 무사들의 이름이 적혀 있었다.

무사들의 이름이 고작 11명뿐인 것을 본 박민주가 걱정스럽게 말했다.

"살아남은 무사가 거의 없네. 우리 살아남을 수 있을까? 아니, 나. 나 살아남을 수 있을까?"

"최종일까지 생존해야만 통과는 아니니까. 너무 걱정할 필요는 없어."

중간에 탈락하더라도 하급 무사는 될 수 있다.

하지만 단숨에 중급 혹은 상급으로 올라가기 위해서는 최종일까지 버텨야만 한다.

어쨌든 박민아는 최종 11인 안에 들었고 곧 이 최종 장소에 등장할 예정이었다.

이윽고 가장 먼저 박민아가 도착해 거친 숨을 몰아쉬었고 그 뒤로 몇몇 무과 지원자들이 따라 나왔다.

'3명이네.'

결국 마지막까지 살아남은 것은 3명뿐이었다.

11명 중 8명은 마지막 날에 낙오했다는 뜻이었다.

그때였다.

"으하하하하!"

옆에서 한 남자가 호쾌하게 웃었다.

박민주는 남자를 보자마자 슬쩍 내 뒤로 숨었고 남자는 시끄럽게 외쳤다.

"통과했구나! 민아야! 크하하하! 성무대전에서 어중이떠
중이한테 져서 걱정했건만 좋은 약이 되었어."

"……."

박민아를 저렇게 친근하게 부를 수 있는 남자는 한 사람뿐
이다.

바로 박민아의 아버지.

신평의 호랑이.

박진범이다.

"뭐야? 왜 여기 계서?"

박민주는 별로 반갑지 않은 모양이다.

그나저나 4대 가문의 가주답지 않게 혼자 와서 춤까지 춰
가며 딸을 응원하는 모습이 뭔가 웃기다.

"신나 보이시는데. 가서 말이라도 걸지."

나는 박진범이라는 인물에 대해 잘 모른다.

내 정보력의 허점이라고 해야 할까?

내가 철들기 전, 그러니까 하급 무사로 버러지 인생을 살고
있을 때 활약했던 인물들을 직접 겪어 볼 수 없었다.

오직 기록에만 의존해야 하고 기록은 현실과 많이 다를 수
있었다.

어쨌든 기록상 박진범은 호쾌하고 단순한 인물로 알려져
있다.

신평 가문 사람들이 으레 그렇듯 그 또한 힘과 의리가 전부라고 생각하는 인물이었다.

'내가 친해져야 하는 사람이네.'

성도 가문이 신태민 쪽에 합류할 것이 확실하기에 나 또한 4대 가문 중 하나를 포섭할 필요가 있다.

그래도 박민아, 그리고 박민주와 친분이 있으니 신평이 가장 쉬울 것이다.

'안 그래도 한번 뵙고 싶었는데 이번 기회에 얼굴 도장이라도 찍어야겠다.'

그렇게 생각할 때였다.

박진범이 고개를 돌려 나와 눈을 마주쳤다.

그는 살짝 인상을 쓰고는 걸어와 말했다.

"어이, 거기 민주 아니냐?"

"히익!"

박민주가 얼른 숨었으나 박진범은 내 뒤로 손을 가져갔다.

"뭐 하니? 민주야?"

"그간 강녕하셨습니까? 아버지. 말도 없이 여긴 어떤 일로⋯⋯."

"너희 언니 결과는 직접 들어야 하지 않겠느냐? 그래서⋯⋯."

박진범은 먼저 상혁이를 바라봤다.

안다.

나보다 상혁이가 더 눈길 가는 외모인 걸.

상혁이는 바로 예의를 갖춰 인사하며 말했다.

"은악의 한상혁이라고 합니다. 처음 뵙겠습니다."

"한상혁? 그럼 네가 민아를 이겼다던……."

상혁이는 살짝 침을 삼켰다.

엄청난 박력이 느껴졌다.

박진범은 상혁이의 앞으로 성큼성큼 걸어가더니 살벌한 얼굴로 말했다.

"우리 집안 가훈이 말이야. 은혜든, 원수든 꼭 배로 갚아 준다는 거거든. 너, 나중에 우리 민아랑 한 번 더 뜨자."

"……싸울 일이 있을까요?"

졸업하는 박민아가 성무대선에 참가하는 일은 없으니 싸울 일도 없다.

"그거야 만들면 그만이지. 꼭 싸우는 거다. 딱 1년 뒤에 싸우자. 너 성무대전 끝나고 바로. 만약 네가 이기면 원하는 대로 해 주마. 가랑이 사이로 길 수도 있다고. 어때?"

"아……."

그런 거 필요 없다고 말해 버려라. 상혁아.

박민주는 쪽팔린 듯 이마를 짚고 있었고 나는 흥미진진하게 두 사람의 대화를 듣고 있었다.

'어린애 같네.'

나쁜 사람 같지는 않았다.

나쁜 사람이었다면 한백사처럼 어떻게든 상혁이를 공격했

을 테니 말이다.

　오히려 정정당당하게 한판 더 붙자고 하는 것이 박진범의 성격을 더 잘 보여 주는 것만 같았다.

　하지만 상혁이가 곤란해하니 뭐라도 해 주자.

　"안녕하십니까? 가주님."

　내가 인사를 하면 관심을 보일 것이다.

　내 입으로 하기는 뭐하지만……

　난 이. 서. 하. 니까.

　"이서하라고 합니다. 민주에게는 많은 신세를……"

　그 순간이었다.

　"오오오오오오!"

　박진범이 소리를 지르며 나를 와락 껴안았다.

　압도적인 대흉근에 질식할 것만 같다.

　"만나 영광이다! 으하하하하!"

　"수, 숨……"

　발버둥을 쳐도 어떻게 벗어날 수가 없다.

　이 무슨 외공이란 말인가?

　"아버지! 서하 죽어요!"

　박민주가 말리자 정신을 차린 박진범이 나를 놔주었다.

　고맙다. 박민주.

　진짜 죽을 뻔했다.

"하하하, 미안하네. 내가 너무 반가워서 그만."

"아닙니다. 괜찮습니다."

전혀 괜찮지 않지만 신평과는 친하게 지내야만 하니 넘어
가도록 하자.

이미 운성과 성도를 버렸으니 남은 가문이라도 친하게 지
내야 균형이 얼추 맞는다.

지금은 선택과 집중이 중요하다.

"천우진을 잡았다는 이 나라 최고의 재능을 여기서 만나다
니. 민주랑 친구라는 말은 들었다. 그래, 그래. 그럼 지금 당
장 나와 한잔하러 가자꾸나."

"네, 그럼 한잔······."

······이 아니지 않나?

이렇게 다짜고짜?

그보다 아직 무과 시험이 끝나지도 않았는데 말이다.

나는 마지막 시험을 치르는 박민아를 돌아봤다.

대대로 무과의 마지막 시험은 필기다.

박민아는 머리를 부여잡고 집중하느라 이곳의 소란을 신
경 쓰지 않는 듯싶었다.

"민아 선배의 시험을 다 보고 가지 않으셔도 되겠습니까?"

"민아 쟤는 여기까지야. 나 닮아서 머리는 그렇게 좋지 않
거든."

아주 냉정한 평가다.

박민아는 압도적인 강인함과 냉철함으로 신평 가문을 이끌었다. 지혜로운 가주라기보다는 강한 가주라는 평이 맞겠지.

"자, 그럼 가 보자! 하하하."

박진범은 나의 허리를 감아 들어 올렸다.

'아니, 무슨 힘이……'

세상은 넓고 고수는 많다.

극단적으로 외공을 수련한 박진범의 힘은 내가 어떻게 해 볼 수준이 아니었다.

"제 발로 걸어가겠습니다. 제 발로……."

"하하하! 이거 기대되는구먼!"

아, 몰라.

이렇게 된 이상 박진범이랑 최대한 친해지는 쪽으로 가 보자.

혹시 아나?

의리를 중요시하는 그가 내 편이 되어 줄지.

적어도 나에게 호감이 있는 것이 호감 없는 것보다는 나으니 말이다.

나는 상혁이에게 손을 흔들며 말했다.

"다녀올게. 아린이한테는 잘 말해 줘."

곧 오기로 한 아린이가 내가 끌려간 것을 알면 쳐들어올 것이 분명하기 때문이다.

북대우림까지 따라온 애니까 분명 그렇겠지.

일단 신평과 친해지기로 한 이상 박진범과는 자리를 가질 생각이었으니 시기가 빨라졌다고만 생각하자.

나는 그렇게 박진범의 옆구리에 낀 채 술자리로 향했다.

북대우림에서 겨우 목숨을 부지한 아티카는 홍등가에 와 있었다.

살기등등하게 앉아 있는 아티카를 향해 다가가는 기생은 없다.

뒤늦게 아티카를 만나러 온 이주원이 말했다.

"뭔가 화가 잔뜩 나셨네요."

"이주원."

흥분한 아티카는 벌떡 일어난 뒤 이주원의 앞으로 걸어가 말했다.

"여왕의 존재에 대해 왜 말하지 않았지?"

"그걸 어떻게 알았습니까?"

"뭘 어떻게 알아! 봤으니까 알지!"

아티카가 외치는 그 순간 이주원이 표정을 굳혔다.

아린이 여왕의 핏줄이라는 것은 알고 있었다.

하지만 그것은 음기를 제대로 다룰 수 있을 때나 문제가 되는 것이다.

여왕의 힘을 사용할 정도로 음기 폭주가 진행된다면 아린은 이성을 잃을 것이기에 그녀에게 혈통은 그리 중요한 것이 아니었다.

하지만 이성을 잃지 않은 것만 같다.

"도대체 뭘 보신 겁니까?"

이주원이 진지하게 물어보자 아티카는 흥분을 가라앉히며 말했다.

"내 제어권을 가져갔어. 나와 같은 여왕의 혈통이라는 것 이지."

"그래서 유아린의 상태는 어땠습니까? 이성을 잃은 겁니까?"

"아니, 나준만 정확하게 죽이고 나한테 이서하 어딨느냐고 물어보던데?"

순간 아티카는 고개를 갸웃했다.

이주원의 말대로 인간이라면 이성을 잃고 폭주했어야 한다.

"진짜 인간은 맞아?"

"인간 맞습니다."

이주원은 심각한 얼굴로 주변을 돌아봤다.

유아린이 이성을 잃지 않았다.

원래 계획대로라면 유아린은 이미 은월단의 손에 들어왔 어야만 한다.

은월단은 가족과 자신의 백성을 모두 죽인 유아린을 데리 고 와 완벽한 살수(殺手)로 만들 생각이었다.

이서하 때문에 계획이 틀어져 버렸지만 크게 신경은 쓰지 않았다.

유아린이 이서하의 전력이 될 일은 없다고 생각했기 때문이다.

언젠가는 혼자 폭주할 것이고 사회에 혼란을 준다는 계획은 그대로일 테니까.

'원하는 위치에, 원하는 시기에 폭주시킬 수 없다는 것만이 문제였지.'

하지만 이제 이야기가 달라졌다.

유아린이 음기 폭주를 하고도 이성을 유지한다면 안 그래도 까다로운 이서하에게 날개를 달아 주는 꼴이었다.

'선생은 알고 있나?'

이는 그냥 넘어갈 수 없는 문제였다.

이서하.

귀찮은 놈이다.

"알겠습니다. 이쪽에서 처리하죠."

"처리한다고?"

"여왕의 핏줄이 인간 편을 들고 있는 거 아닙니까? 그럼 처리해야죠. 안 됩니까?"

아티카는 큰 눈을 깜빡였다.

"그, 그렇지."

처리한다는 말에 가슴이 철렁였다.

이주원의 말대로 인간의 편에 선 여왕은 죽이는 것이 맞다.

"왜 그러십니까?"

"아니, 아니야. 빨리 처리해!"

아티카는 도망치듯 홍등가를 빠져나왔다.

한낮의 홍등가는 죽은 듯 보였다.

그에 반해 수도의 거리는 활기차다.

바로 숲으로 돌아가야 하지만 아티카는 거리로 발걸음을 옮겼다.

이런저런 핑계를 대고 있었으나 목적은 유아린을 한 번 더 보는 것이었다.

'그 느낌은 뭐였을까?'

유아린과는 끈끈한 유대감이 느껴졌었다.

그건 처음부터 그랬다.

그 이유를 알고 싶었다.

그리고 우연인지 필연인지 아티카는 아린을 만날 수 있었다.

수많은 사람 사이에서도 빛나고 있기에 알아보는 것은 어렵지 않았다.

그리고 그것은 아린 또한 마찬가지였다.

익숙한 음기에 아린은 아티카를 쳐다봤다.

눈이 마주치자 심장이 떨어질 것만 같다.

아티카는 급히 삿갓을 눌러쓰며 고개를 돌렸다.

전에 느꼈던 감정은 우연이 아니었다.

'짜증 나.'

아티카가 그렇게 생각할 때였다.

어느새 옆으로 다가온 아린이 말했다.

"너 북대우림에서 그 나찰이지?"

"히익!"

놀란 아티카는 이상한 목소리를 낸 뒤 말했다.

"아, 아닙니다."

"기운이 똑같은데?"

어떻게 해야 할까?

사실 선택지는 도망치는 것 하나뿐이었다.

하지만 아티카는 아린에 대한 두려움과 알 수 없는 감정에 쉽게 움직이지 못했다.

긴장한 아티카가 식은땀을 흘릴 때였다.

"밥은 먹었어?"

"……에?"

아린의 따뜻한 말에 긴장이 확 풀렸다.

"아, 아직."

"그럼 따라와."

아린이 앞으로 걸어 나갔고 아티카는 자기도 모르게 그녀의 뒤를 따라갔다.

도망치려면 지금밖에 기회가 없었으나 뭔가 도망치기가 싫다.

그리고 생각이 많은 것은 아린도 마찬가지였다.

'왜 친근하지?'

아티카는 나준과 다르게 친근했다.

사실 나찰의 특성을 안다면 쉽게 이해되는 일이었다.

나찰은 종족 단위로 움직이지 않고 혈족 단위로 움직였다.

나찰이 가족을 생각하는 마음은 인간의 것과는 차원이 달랐다.

육촌, 팔촌만 넘어가도 남이 되어 버리는 인간과 달리 이들은 아무리 먼 친척이더라도 한 가족으로 여기며 본능적으로 유대감을 품었다.

그리고 아린과 아티카는 먼 친척 관계였다.

촌수로는 따질 수도 없을 만큼 먼 친척이었음에도 이 둘 안에 흐르는 왕족의 핏줄이 서로를 이어 주고 있었다.

'어려 보이는데……'

아린은 아티카를 흘깃 보았다.

다른 나찰에 비해 많이 어려 보이는 아티카.

나찰의 성장 속도가 인간에 비해 느리다고 하더라도 아직 어린아이인 것만 같았다.

물론 아티카가 아린보다 최소 10살은 더 많았지만 말이다.

식당에 도착한 아티카는 아린을 경계하고 있었다.

"뭐 먹을래?"

"난 인간의 음식은 안 먹어."

"먹어는 봤어?"

"아니. 안 먹는다니까."

"그럼 이번에 먹어 보면 되겠네."

아린은 음식을 앞으로 내밀었다.

"먹어 보고 싫으면 먹지 마."

"……."

아티카는 작게 한숨을 내쉬며 아린의 말에 따랐다.

"먹고 나면 그냥 갈 거야. 보내 줘야 해."

"그래. 그냥 보내 줄게."

아티카는 반신반의한 얼굴로 아린이 내민 양념 고기를 입에 넣었다.

그렇게 오물거리던 아티카는 다시 한 점 집어 먹고는 자기도 모르게 중얼거렸다.

"맛있네……."

나준의 말대로 맛있었다.

그때 그냥 같이 먹을걸.

그런 생각이 드는 아티카였다.

◆ ◈ ◆

신평가(家)의 저택.

신평은 수도에도 상단을 비롯해 거대한 창고를 가지고 있었고 이를 관리하는 사람들이 머물 저택도 있다.

"이리 오너라!"

박진범의 우렁찬 외침에 저택 사람 모두가 달려와 무릎을 꿇었다.

일사불란하게 움직이는 것이 훈련이 잘되어 있는 것만 같았다.

박진범은 옆에 서 있는 서하의 등을 있는 힘껏 치며 말했다.

"이 아이가 청신의 이서하다. 귀중한 손님이니 잘 모시거라."

그의 말이 끝나기가 무섭게 하인들이 달려들어 서하를 데리고 갔다.

"잠깐만요, 이게……."

"하하하! 깨끗하게 씻고, 또 멋지게 차려입고 오도록 하라. 그럼 만찬에서 보지."

그렇게 서하가 또다시 끌려가고 한 남자가 박진범의 옆으로 걸어왔다.

박진범의 오른팔이자 먼 친척.

박춘식이었다.

"저게 그 천우진을 이긴 이서하입니까?"

"그래, 생긴 것도 잘생겼네. 키만 조금 더 크면 완벽하겠어."

"어떻게 찾으셨습니까?"

"안 그래도 민아의 무과 시험을 보러 왔더군. 민주 친구니까 그럴 수도 있지만 좋은 신호 아닌가?"

"흐흐흐, 좋은 신호네요."

"그렇지? 흐흐흐. 곡주는 얼마나 준비되어 있느냐?"

"산처럼 쌓아 놓았습니다."

"좋아. 좋아."

사실 박진범이 수도에 온 것은 딸의 무과를 보기 위함이 1 할 정도뿐이었다.

나머지 9할은 오직 이서하를 만나기 위함이었다.

천우진을 죽였다는 16살의 꼬마.

신유민의 복심(腹心)이자 청신 가문의 빛.

"일단 첫인상은 만족 그 이상이야. 청신이야 이건하가 있으니 데릴사위가 되는 것도 가능하겠지."

아무리 서하가 날고 기어도 청신에서는 떠오르는 샛별인 이건하가 있다.

나이로 보나, 현재 위상으로 보나 이건하가 청신의 차기 가주가 될 것이 분명했기에 이서하를 데릴사위로 들일 수 있는 것이다.

박춘식은 낄낄거리며 말했다.

"그럼 작전을 시작하겠습니다."

"좋아, 좋아. 실수 없게 하게나."

박진범의 작전은 이러했다.

이서하에게 술을 먹이고 뻗어 버린 그를 손님방에서 재운다.

그리고 그곳에 박민아를 투입.

아침에 그 광경을 자신이 발견하고 '이건 결혼밖에 없다!' 라고 외치면 끝이다.

감히 신평 가문의 장녀와 동침하고 결혼을 거부할 수는 없을 테니까.

"그런데 민아 아가씨가 작전에 동의해 줄까요?"

가장 큰 문제는 당사자인 박민아에게 이 작전을 말해 놓지 않았다는 것이다.

박민아가 들으면 피를 토할 정도로 저급한 작전이었으니 말이다.

박진범은 입맛을 다시다가 말했다.

"몰라, 몰라. 일단 진행해. 안 하는 것보다는 낫겠지."

"네! 가주님!"

박진범은 진심이었다.

지금까지 박민아에게 어울리는, 데릴사위로 데리고 와 신평 가문을 이끌어 줄 남자를 찾아다니던 그다.

하지만 요즘 놈들은 전부 마음에 들지 않았다.

집안이 좋으면 정신 상태가 글러 먹었고, 그나마 쓸 만하다 싶으면 외모가 부족하거나 배경이 좋지 않았다.

그렇게 고심이 깊어질 때 이서하가 갑자기 튀어나온 것이다.

4대 가문과 필적할 만큼의 위상을 쌓은 청신 가문.

게다가 장손자도 아니기에 데릴사위로도 들일 수 있다.

이렇게 완벽한 남자가 또 어디 있겠는가?

이번 기회를 놓치면 다시는 이서하 같은 인물을 찾지 못할 것이다.

"민아야. 아빠를 용서해라."

하지만 박진범이 간과하는 사실이 있었다.

바로 이서하의 주량을 말이다.

◆ ◈ ◆

하인들에게 반쯤 끌려간 나는 목욕을 한 뒤 준비해 놓은 옷으로 갈아입었다.

헐렁거리는 도포를 입은 나는 주변을 살폈다.

'신평은 나찰과 비슷하다고 들었는데.'

신평은 가장 닫힌 4대 가문으로 정치에조차 큰 관심을 가지지 않았다.

왕국의 식량을 책임지고 있는 지역인 만큼 고위 관직을 차지하지 않아도 큰소리칠 수 있었기 때문이다.

이들은 오직 신평 지역 안에서 활동하며 폐쇄적이고 거대한 세력을 만들었다.

왕국 안의 또 다른 왕국.

그것이 신평이다.

'폐쇄적인 만큼 막무가내인 면도 있지.'

의리를 중요시하며 가주 밑으로 똘똘 뭉친 정예들.

그런데 왜 나에게 이렇게 잘해 줄까?

'뭔가 노리는 게 있는데.'

뭔지는 모르겠지만 일단은 원하는 대로 놀아 주자.

뭔가 느낌이 이상할 때 뒤로 빼는 것도 늦지 않다.

"다 입으셨습니까?"

"네, 다 입었습니다."

"그럼 안내해 드리겠습니다."

나는 하인들을 따라 연회장으로 향했다.

연회장에는 빠르게 음식이 준비 중이었고 그 가운데에는 박진범이 진두지휘를 하고 있었다.

"빨리, 빨리 움직여라!"

연회장은 평범했다.

딱 하나만 빼고 말이다.

바로 상석에 만들어진 거대한 식탁이었다.

그 위에는 크기가 제각각인 사발이 놓여 있었다.

'아 저거.'

회귀 전에 본 적이 있는 광경이다.

회귀 전, 나찰과의 전쟁 중 신평 출신의 무사들과도 함께 싸운 적이 있었다.

이들은 승리한 뒤 전리품으로 술을 얻으면 지금 보고 있는 것과 같은 식탁을 만든 뒤 술놀음을 벌였다.

놀이 방법은 간단하다.

과일 씨앗을 먼 곳에서 던져 그 씨앗이 들어가는 사발에 술을 가득 채워 마시는 것이다.

'전쟁 중에는 다들 어떻게든 많이 마시려고 큰 그릇만 노렸었지만……'

하지만 한 가지 규칙이 있다.

그건 바로 한 번에 잔을 비우지 못하면 벌칙을 받아야 한다는 것.

벌칙의 종류는 여러 가지였지만 대부분 수위가 꽤 높았다.

무턱대고 큰 사발만 노리다가는 망신을 당할 수도 있었기에 전쟁 중에도 적당히 마신 뒤에는 작은 사발만 노렸다.

'오호, 오랜만에 해 보고 싶네.'

그래도 손님인 만큼 체통을 지켜야지.

암. 아무리 술이 마시고 싶다고 하더라도 저 놀이에 끼어들었다가는 모두가 쓰러지기 전에 나갈 수 없으니 말이야.

그렇게 생각할 때였다.

"하하하, 저게 궁금한 모양이구나?"

박진범이 다가와 물었다.

아는 척을 했다가 어떻게 아냐고 물어보면 할 말이 없으니 일단 고개를 끄덕이자.

"네, 저것이 뭡니까?"

"신평의 술놀음으로 일명 사발 놀이라고 하지. 씨앗을 던져 들어가는 사발에 술을 담아 마시는 간단한 놀이란다."

"작은 사발에 넣으면 작은 사발으로 먹겠네요. 만약 빗나가면 어떻게 됩니까?"

"그럼 가장 큰 사발에 마시면 된다."

규칙은 내가 알고 있던 것과 같다.

"그렇게 놀이를 하다 먼저 취한 사람이 지는 거다. 벌칙은 뭐 정하기 나름이고."

박진범은 미소를 지었다.

"왜, 관심이 있느냐?"

"조금은 관심이 가네요."

관심이 있냐고?

아주 많다.

같이 술을 마시면서 놀 사람도, 시간도 없었기에 화강에서 꽃주를 마신 후로 제대로 마셔 본 적이 없다.

그렇다고 무조건 하겠다고 하는 것도 모양새가 이상하니 조금 관심 있다고만 하자.

"그래? 그럼 해 봐야지! 우리 신평의 자랑이란다. 하하하!"

박진범은 생각보다 기뻐하며 말했다.

"좋지, 좋지. 그럼 바로 시작해 볼까?"

"밥 먹는 거 아니었습니까?"

"밥은 무슨! 이건 안주야, 안주. 안주는 알아서 자기 차례 아닐 때 먹어 주면 되네. 너무 많이 먹으면 배가 불러서 술을 못 마실 수도 있으니 적당히 먹고."

"뭐, 저야 좋죠."

진짜 좋긴 한데…….

이거 분위기가 묘하다.

마치 처음부터 나에게 술을 먹이려고 한 듯한 그런 분위기.

박진범은 바로 자기 식솔을 불러 모았다.

"자자! 사발 놀이 합시다!"

"네, 가주님!"

큰 덩치의 남자들이 들어오고 전부 나에게 꾸벅 인사했다.

"자자, 그럼 안주도 슬슬 들어오고 있으니 내가 시범을 보어 주마."

"그러시죠."

박진범은 40자(약 12m) 정도 거리에 줄을 그었다.

작은 씨앗을 든 그는 적당히 조준한 뒤 사발을 향해 던졌다.

씨앗은 정확히 가장 작은 사발에 들어갔고 박진범은 미소와 함께 말했다.

"자, 이렇게 그냥 던져서 사발에 넣기만 하면 된다."

40자 거리에서 저렇게 자로 잰 듯이 던질 줄이야.

사발 놀이의 고인물이라는 건가?

하긴 회귀 전 무사들이 한 말에 따르면 신평 사람들은 술이 있을 때마다 하고 노는 놀이라고 했으니 말이다.

"우리 서하는 처음이니 마지막으로 던지거라. 마지막이 가장 유리하다. 더 적게 마실 수 있거든."

"네, 그렇게 하겠습니다. 그런데 벌칙은 무엇입니까?"

"흐음, 그건 뭐 걸리고 생각하지. 뭐든 시키는 대로 해야 하는 걸 잊지 말거라. 흐흐흐."

벌칙을 정하지도 않고 놀이를 하라는 것인가?

나는 살짝 떨어져서 신평의 무사들이 씨앗을 던지는 것을 바라봤다.

박진범을 포함 총 5명.

5명은 모두 가장 작은 사발에 던져 넣었고 박진범은 호탕하게 웃으며 말했다.

"하하하, 이거 우리 서하도 작은 사발을 노려야겠구나."

작은 사발을 단숨에 들이켠 무사들은 육전을 질겅질겅 씹으며 나를 바라봤다.

모두 장난기 가득한 얼굴인 것이 아무래도 이거 무슨 꿍꿍이가 있다.

'날 취하게 만들려는 거 같은데.'

이들이 씨앗을 넣은 작은 사발은 가장 큰 사발 바로 옆에 붙어 있다.

한마디로 조금이라도 잘못 던지면 가장 작을 걸로 마시려다 가장 큰 걸로 마시게 되는 것이다.

설령 큰 사발을 피하더라도 씨앗이 빗나가게 되면 낙(落)이 되어 도긴개긴이다.

큰 사발의 크기는 국그릇 5개는 되는 크기다.

보통 사람이라면 한 사발 마시는 순간 그대로 뒤로 넘어갈 것이다.

'왜 난 항상 술자리에서는 이런 취급일까?'

회귀 전에는 많이 경험해 본 일이다.

여자 무사들과 함께 마실 때면 항상 내가 표적이 되어 술을 마셨다.

당시에는 좋았다.

좋아하는 술을 많이 마실 수 있었으니까.

시간이 지나고 나서야 나를 먼저 보내 놓고 지들끼리 놀려는 속셈이라는 것을 깨달았다.

"……."

불쾌한 기억이 떠올랐다.

슬프니 생각하지 말자.

하지만 이들은 실패할 것이다.

회귀 전, 내 동기들이 실패했듯이 말이다.

"그럼 던지겠습니다."

나는 씨앗을 잡고 조준했다.

회귀 전, 난 사발 놀이를 꽤 많이 해 왔다.

한 명이 쓰러질 때의 쾌감이 좋기에 새롭게 만난 이들에게도 알려 주면서 말이다.

한마디로 나 또한 유경험자라는 소리다.

나는 자신 있게 씨앗을 던졌다.

허공을 똑바로 날아간 씨앗은 정확하게 내가 원한 위치에 들어갔다.

바로 가장 큰 사발에 말이다.

팅!

씨앗이 들어가자 박진범은 웃음을 참지 못하며 말했다.

"하하하, 그럴 수 있어. 처음부터 작은 사발을 노리는 건 힘들지. 저기 옆에 중간짜리를 노리는 게 좋을 거야."

나는 큰 사발을 들고 가 신평 곡주를 채웠다.

고소한 향이 내 코를 간질인다.

그리고 저 아저씨는 도대체 무슨 말을 하는 건지 모르겠다.

나는 술을 채움과 동시에 말했다.

"일부러 큰 사발에 던진 건데요."

"응? 일부러?"

"저렇게 깨작깨작 마셔서 뭐 합니까?"

신평의 남자들은 자존심 빼면 시체다.

"아니, 설마 여기 계신 분들 전부 작은 걸 노린 겁니까? 전 큰 거 노리려다 작은 게 걸린 줄 알았는데."

그러니 일부러 도발한다.

나는 곡주를 단숨에 들이켜며 향을 음미했다.

신평 곡주는 종류가 많았다.

평민들이 마시는 최하급부터 전하가 드시는 최상급까지.

그리고 확실히 이건 최상급이다.

"캬아! 좋네요."

사발을 비운 나는 원래의 자리로 돌려놓으며 말했다.

"저라면 이런 최고급 술을 깨작깨작 안 마실 텐데 말이죠. 뭐, 술이 약하면 어쩔 수 없죠."

이런 말을 듣고도 저 사발 같지도 않은 작은 접시에 마신다면 그건 자존심 강한 신평의 남자가 아니다.

그리고 그건 박진범도 마찬가지였다.

"……하하하! 이놈이 아주 재밌는 소리를 하는구나. 그래, 그게 맞지. 지금부터 우리 모두 이 큰 사발로 마시자꾸나."

박진범은 대충 줄로 걸어가더니 씨앗을 던졌다.

중앙에 있는 가장 큰 사발로 들어갔다.

이제 나머지 무사들에게는 선택지가 없다.

가주가 나의 도발에 어울려 준 이상 저들도 무조건 큰 사발로 마셔야만 한다.

이제 그냥 대작(對酌)이나 다름없다.

'즐겁네.'

오랜만에 편안하게 놀 수 있을 것만 같다.

◆ ◈ ◆

묵묵히 식사를 마친 아티카는 바로 북대우림으로 돌아갔고 아린은 서하가 있는 무과 시험장으로 향했다.

하지만 그녀가 도착했을 때는 이미 서하가 박진범에게 납치된 뒤였다.

아린은 상혁에게 다가가 말했다.

"서하는?"

"아, 아린아. 그게……."

상혁은 말을 아꼈다.

아린에게 사실대로 말하면 신평 가문의 저택으로 바로 쳐들어갈 것이 뻔하기 때문이다.

상혁은 잘 말해 달라고 한 서하의 말도 있는 만큼 대충 얼버무렸다.

"바쁜 일이 있다고 갔거든."

"바쁜 일? 그런 거 나한테는 안 말했는데?"

"갑자기, 갑자기 생긴 일이야."

박민주까지 끼어들어 말하자 아린은 미간을 찌푸렸다.

두 사람 다 거짓말하는 법을 모른다.

뭔가를 숨기고 있는 듯한 표정이 다 드러났으나 아린은 말을 아꼈다.

뭔가 안 좋은 일이었다면 상혁이가 먼저 움직였을 테니 말이다.

"곧 돌아오긴 하는 거야?"

"곧 돌아오겠지?"

상혁은 박민주를 바라봤고 민주는 아무런 말도 하지 못했다.

그렇게 시간이 지나 무과가 끝나고 박민아가 한숨과 함께 걸어 나왔다.

"후우, 어렵네."

"수고했어. 언니."

"응. 너도 많이 준비해 둬. 생각보다 힘드네."

박민주에게 한마디 한 박민아는 아린을 보며 말했다.

"아, 그리고 너. 허연 애. 네 남자 친구 우리 아빠가 데리고 가더라. 그 인간 무슨 짓을 할지 모르니까 빨리 따라와."

그 순간 아린이 살벌하게 상혁과 민주를 노려보았다. 상혁은 자기도 모르게 말했다.

"서하가 잘 말해 달라고 부탁해서⋯⋯."

"그렇겠지."

아린은 상혁을 노려본 뒤 말했다.

"그래도 다음부터는 말해."

이제 진짜 말하면 안 될 것만 같다고 생각하는 상혁이었다.

상혁과 민주를 뒤로하고 아린과 박민아는 빠르게 저택으로 향해 달려갔다.

박민아는 작은 한숨과 함께 말했다.

"미안하다. 우리 아빠가 어디 꽂히면 꼭 해야 하는 사람이라. 아, 이서하에 대해 물어볼 때부터 알아봤어야 하는데."

"뭐라고 물어보셨죠?"

"애는 좀 어떠냐? 성격은 어떠냐? 정말 실력이 좋냐? 뭐 그런 거 물어봤는데."

"그래서요? 그냥 다 좋다고 말하면 되는 거 아닌가?"

박민아는 아린을 의아하게 쳐다보다 고개를 혼들었다. 순수한 얼굴을 보니 비꼬는 것도 아니다.

"왜 민주 주변에는 이상한 애들만 있어?"

박민아의 아버지, 박진범은 누가 봐도 이서하에게 관심 있냐고 물어본 것이다.

박민아는 절대 관심 없으니 이상한 짓 하지 말라고 말했다.

그런데 데려가 버렸다.

시험을 보다 서하가 끌려가는 걸 발견했을 때는 얼마나 식겁을 했던지.

"진짜 이 아저씨가……."

박민아가 한숨과 함께 저택 문을 열자 하인들이 뛰어나왔다.

"아, 아가씨."

"아빠 어디 있어요?"

"그, 그게 연회장에……."

박민아는 바로 연회장으로 가서 문을 열었다.

신평의 남자들은 뭐든 술로 해결하려고 하는 경향이 있다.

그 단순 무식함의 정점에 있는 박진범도 다르지 않았다.

그렇게 연회장 문을 열 때였다.

"오, 아린아? 민아 선배도 왔네요."

사발을 들이켜고 있는 이서하.

박민아는 질린 얼굴로 연회장을 돌아봤다.

"이건 무슨……."

똑바로 앉아 있는 것은 오직 이서하뿐이었다.

◆ ◈ ◆

술이 들어간다~ 쭈욱 쭈욱 쭈욱!

사발 놀이는 순식간에 대작(對酌) 놀이로 바뀌었다.

너도 한 잔, 나도 한 잔.

그렇게 대작(對酌)하다 보니 어느새 곡주가 텅텅 비기 시작했고 남아 있는 건 박진범뿐이었다.

"잘 마시는구나. 하하하! 그래서 우리 민아는 어떻게 생각하느냐? 내가 봤을 때는 얼굴도 그만하면 예쁘고 강단도 있고 자기 할 일 똑 부러지게 하는 여장부 같은데."

"뭐, 그렇긴 하죠."

"그 아이랑 결혼하는 남자는 아주 복 받은 남자일 거야. 안 그렇겠느냐?"

"그렇게 생각합니다."

"크하하하하하하. 당연히 그럴 수밖에 없지. 암, 그럴 수밖에."

박진범은 어느 순간부터 말이 많아졌다.

그리고 속마음이 다 보인다.

그는 조금 마신 뒤 입을 뗐다.

"그래, 그러면 우리 민아랑⋯⋯."

"남기셨네요."

"응?"

아직 사발 놀이는 끝나지 않았다.

나의 말에 박진범은 껄껄거리며 웃다가 말했다.

"그래, 그래. 이거 남기면 안 되는 거였지. 한 번에 다 마셔 주마."

이미 한 번에는 아니지만.

박진범은 사발에 담긴 술을 전부 들이켠 뒤 풀린 눈으로 말했다.

"그러니까 말이야⋯⋯."

그리고는 뒤로 넘어간다.

마지막 상대까지 뻗어 버렸다.

강자는 외롭다.

"아, 외롭구나."

그래도 곡주는 향기로우니 마시자.

그렇게 홀로 두 사발쯤 비웠을 때 연회장의 문이 열리며 민아 선배와 아린이가 들어왔다.

"오, 아린아? 민아 선배도 왔네요."

박민아는 놀란 듯 연회장을 돌아보다 말했다.

"네가 다 이긴 거야? 다들 잘 마시는데."

"뭐, 체질입니다. 적당히 취하고 나면 안 취하더라고요."

"그래? 잘했다. 잘했어."

박민아는 뻗은 박진범에게 걸어가 발로 툭툭 치기 시작했다.

자기 아버지한테 저래도 되는 건가?

겁을 먹었던 박민주와 비교한다면 극과 극의 반응이었다.

"아이고, 아주 제대로 뻗었네. 미안하게 됐다. 너희들은 가봐도 돼."

"그럼 잘 마시고 간다고 전해 주세요."

"그래, 꼭 전해 줄게."

박민아는 한숨을 쉬고는 하인들을 불렀다.

"뭣들 하느냐? 빨리 옮겨."

나는 하인들의 손에 들려 방으로 이동하는 박진범을 바라보다 저택 밖으로 빠져나왔고 동시에 아린이 물었다.

"그런데 신평의 가주님이 왜 너를 갑자기 데리고 간 거야?"

"글쎄다. 나를 꼭 만나고 싶었데. 아마도 천우진과의 일로 감명받으셨나 보지. 그리고……."

아마도 박민아와 결혼시키고 싶은 생각이겠지.

그것이 아니라면 박진범이 저렇게까지 할 이유가 없다.

특히나 막판엔 술에 취해 거의 취중 진담 수준으로 말을 했으니 딱히 눈치가 빠르지 않아도 알 수 있다.

239

하지만 나는 말을 아꼈다.

아린이가 나에게 가진 감정이 무엇인지를 알기에 쉽게 꺼낼 수 없다.

하지만 아린이는 집요했다.

"그리고?"

아니, 순수한 얼굴을 보니 진심으로 궁금할 뿐인 것만 같다.

대충 얼버무리자.

"난 신평과 친해져야 하니까. 그래서 그냥 잠자코 따라왔어. 술도 많이 마셔서 좋고. 맛있더라. 신평 곡주."

"박민아 선배랑 결혼해 달라는 말은 안 했어?"

"……."

힘들게 얼버무리고 있는데 그냥 훅 치고 들어오는 아린이었다.

이러면 내가 열심히 말을 돌린 이유가 없잖아.

나는 아린이를 돌아보며 말했다.

"왜 그렇게 생각해?"

"당연하지. 신평에는 아들이 없고, 너라면 누구나 원하는 사윗감이니까."

아린이는 사회성이 조금 떨어질 뿐 똑똑한 편이다.

조금만 생각한다면 상대의 의도 정도는 파악할 수 있을 정도로 말이다.

하지만 나는 신평과 친해지고 싶을 뿐.

신평의 주인이 될 생각은 없다.

"에이, 아무리 그래도 나는……."

"그럼 민아 선배가 두 번째 아내가 되는 건가?"

"응?"

지금 뭐라고…….

"농담이야."

아린이는 빙긋 웃고는 말을 이었다.

"네가 생각하는 대로, 원하는 대로 해. 그게 옳은 길이니까. 다른 건 신경 쓰지 않아도 돼."

……

농담도 참 심장 떨리게 한다.

하지만 언제나 아린이의 한마디가 큰 힘이 되고 있었다.

망설일 때 뒤에서 밀어주는 누군가가 있다면 더욱 쉽게 첫 걸음을 내디딜 수 있다.

"그래야지."

겨울이 다가옴에 따라 해가 짧아져 벌써 노을이 지기 시작했다.

붉은 노을에도 아린이는 밝게 빛나고 있었다.

'슬슬 준비하자.'

이제 왕자의 난을 대비해야 할 때가 되었다.

Chapter 33.

　박진범은 번쩍 눈을 뜨자마자 몸을 일으켰다.

　멍청한 얼굴로 두 눈을 깜빡이던 박진범은 연회장이 아니라는 것을 깨닫고는 말했다.

　"호오, 나를 술로 이기다니. 대단하군."

　"대단하긴 무슨. 술로 이긴 게 무슨 의미가 있다고."

　"오!"

　박진범은 박민아의 목소리에 휙 고개를 돌렸다.

　박민아는 저녁을 먹으며 말했다.

　"도대체 무슨 생각이죠? 또 쓸데없는 작전 짰죠?"

　"아니, 난 그냥 이서하라는 아이가 참으로 대견해 같이 대작하며 친해지려고······."

"춘식 오라버니가 다 말해 줬습니다. 술 마시고 저랑 같이
재운다고요?"

박진범은 눈을 깜빡이다 벌떡 일어나며 말했다.

"······이 배신자 놈을 그냥!"

"괜찮습니다. 제가 이미 반 죽여 놓았으니까요."

"그러니? 잘했구나. 배신자는 반쯤 죽여 놓아야지."

"네, 땅에 묻어 놓았어요. 그리고 아버지도 옆에 묻을까 생
각 중입니다."

"허허, 가주 된 자로서 부하들에게 그런 추태를 보였다가
는······."

"괜찮아요. 아무도 모르게 변소 옆에 묻어 놓았으니까요."

"······."

"이제 솔직하게 말해 보세요. 도대체 어떤 바보 머리에서
그런 작전이 나온 겁니까?"

"당연히 춘식이 머리지."

"춘식 오라버니는 아버지 머리에서 나왔다고 하던데요? 제
가 제발 머리 굴리지 말고 솔직해지시라고 했잖아요. 우리는
멍청해서 그냥 밀고 나가는 게 확실하다고."

"그래서 그냥 밀고 나간 건데 말이야. 동침만큼 확실한 방
법이 어디 있다고······."

말을 끝내기도 전에 젓가락이 날아왔고 박진범은 눈앞에

서 잡아냈다.

"하하하, 젓가락을 놓친 거 같구나. 딸아."

"쯧, 쓸데없이 반응 속도는 빨라서……."

"하하하, 이 정도도 못 하면 신평의 가주라 할 수 있겠느냐?"

박민아는 한숨과 함께 말했다.

"후우, 아무튼 저는 그 누구와도 결혼할 생각 없으니 쓸데없는 짓은 그만두세요."

"그래도 서하만 한 아이는 다시 찾을 수 없어. 진짜 평생 너 혼자……."

"혼자 살 겁니다."

순간 박진범이 표정을 굳혔다. 그러자 박민아는 한숨과 함께 말했다.

"압니다. 제가 남자로 태어났으면 이런 일도 없겠죠."

"민아야, 그건……."

"그래서 더 열심히 했어요. 마지막 시험을 망해서 상급 무사가 될 수는 없겠지만 그래도 중급 무사는 되겠죠. 바로 임무에 배치될 테니 인정받으면 금방 상급 무사가 될 거고, 그러면 바로 선인 시험을 볼 겁니다. 무과 통과하고 1, 2년 안에 선인이 되면 모두 저를 인정할 수밖에 없겠죠. 안 그렇습니까?"

"그렇겠지."

"그러니까 이서하는 포기하세요. 제가 더 잘할게요."

딸의 진지한 모습에 박진범은 고개를 끄덕였다.

박민아는 누구보다 더 노력했고 우수한 성적으로 성무학관에 입학하기까지 했다.

여자도 무사가 될 수 있는 세상이었기에 가주가 못 될 것도 없다.

다만 딸이 선택해 걸어갈 길은 험난하고 지난할 것이다.

여자의 몸으로 남자들과 같은 위치에 서기 위해서는 배가 넘는 노력이 필요했다.

타고난 신체적 능력에 차이가 있기에 같은 시간 수련에 임해도 외공 수준에 차이가 날 수밖에 없었다.

특히 신평월도법은 외공을 중요시하는 무공.

그만큼 더 불리할 수밖에 없다.

그걸 알기에 박진범은 자신의 딸이 안쓰러웠지만 굳이 내색하지 않고 말했다.

"알았다. 그럼 너와는 별개로 이번 겨울 사냥에 서하를 초대하도록 하자."

순간 확 짜증이 난 박민아는 인상을 쓰며 말했다.

이렇게까지 말했는데 초대를 하자니.

"하아, 아버지. 내 말 귓등으로 들었죠? 나름 진지했는데."

"아니, 아니. 그런 게 아니라, 내가 진짜로 저 친구가 마음에 들었거든. 내 개인적으로 친해지고 싶어서 그래. 개인적으로."

"왜요? 술을 잘 마셔서?"

"아니, 대담함."

박진범은 진지한 얼굴로 말했다.

"신평의 저택 안에 들어와서 가주인 나를 도발하는 대담함. 자기편이 하나 없는 곳에서 모두와 대작하며 승리하는 그 대담함을 높게 산다. 물론 그런 아이니 천우진과 싸울 수 있었겠지만 직접 눈으로 보니 엄청나더군. 그런 대담함이야말로 남자의 진정한 덕목 아니겠느냐?"

박민아는 도끼눈을 뜨고 박진범을 바라보다 말했다.

"……또 다른 꿍꿍이가 있겠죠."

"전혀 없단다. 그러니 민아야, 네가 좀 초대해 주는 게 어떻겠니."

"절대 싫……."

그 순간 박민아의 머리에 무언가가 스쳐 지나갔다.

바로 박민주였다.

'이서하라면 민주가 활을 쓰는 걸 더 잘 설득할 수 있지 않을까?'

저번 승급 시험이 끝나고 박민아는 동생이 활을 쏜다는 사실을 아버지에게 알렸다.

하지만 반응은 당연히 부정적이었다.

"활? 그런 건 겁쟁이나 쓰는 무기다."

……라고 말하며 말이다.

성무학관의 승급 시험을 통과한 이후에도 박민주는 그저 정략결혼을 위한 도구 그 이상도, 이하도 아니었다.

이대로 가면 졸업과 동시에 집으로 끌려와 남들이 짜 놓은 인생을 살아야만 할 것이다.

'기껏 밝아졌는데 그럴 수는 없지.'

박민아는 동생이 자유롭고 행복한 인생을 살길 바랄 뿐이었다.

하지만 이를 위해서는 먼저 아버지에게 인정을 받아야만 했다.

'서하라면 아버지를 설득할 수 있을지도 몰라.'

박민주에게 활을 권한 것도 그였으니 더 조리 있게 설득해 줄 것이다.

생각을 마친 박민아는 고개를 끄덕이며 답했다.

"좋아요. 불러 보죠."

"오! 그래. 잘 생각했다. 너도 친해지면 좋은 인연이 될 거다."

"이미 민주랑은 친한 친구 같아 보이지만요."

"민주는 곧 다른 집 사람이 될 거잖니."

박진범의 말에 박민아의 표정이 굳는 순간이었다.

"가주님. 깨어나셨습니까?"

누군가 노크를 하자 박민아는 언제 그랬냐는 듯 표정을 풀며 자리에 앉았고 박진범은 벌떡 일어나 근엄한 얼굴로 대답했다.

"그래, 들어오너라."

한 무사가 들어와 고개를 숙이며 말했다.

"급한 일이 있어 무례를 무릅쓰고 들어왔습니다."

"괜찮다. 딸과 대화 중이었다. 그럼 민아야. 잘 처리해 주 길 바란다."

"네, 아버지."

박민아는 세상 공손하게 말한 뒤 박진범을 노려봤고 그는 어색하게 웃어 보이며 부하와 함께 밖으로 나갔다.

"그래 무슨 일이냐?"

"시내에서 시비가 붙어 한바탕했나 봅니다. 근데 상대가 운성 가문의 무사들입니다."

"그래서 이겼어?"

"네?"

"아니, 한바탕했다며? 그래서 이겼냐고?"

"그건 당연히 이겼죠. 문제는 운성 쪽에서……."

박민아는 멀어지는 아버지의 목소리를 들으며 한숨과 함 께 말했다.

"아아, 진짜 저 남정네들."

가주를 포함 전부 단순무식한 것들뿐이었다.

밤이 깊어 온다.

나는 낮에 하지 못한 수련을 하고 있었다.

북대우림을 다녀온 뒤 바뀐 것이 있다면 극양신공을 조금 만 사용해도 고통이 몰려온다는 것이었다.

'이거 무리하면 안 되겠네.'

그래도 날이 갈수록 회복은 되고 있다. 잠시 쉬어 가는 단계라고 생각하고 한 몇 달만 쉬도록 하자.

이렇게 된 이상 나는 외공에 집중하기로 했다.

공청석유 덕분에 신로심법을 수련하지 않아도 내공은 알아서 쌓였다.

그 시간을 전부 외공 수련에 사용한다면 빠르게 성장할 수 있으리라.

'많이 부족했지.'

만약 외공만 받쳐 주었다면 지금 몸 상태도 훨씬 괜찮았을 것이다.

적어도 조금이라도 더 오래 버텼겠지.

'또 신평 일도 해결해야지.'

생각보다 빠르게 박진범과는 얼굴을 텄다.

이는 좋은 일이다.

언젠가는 신평에 가 그를 만나 볼 생각이었으니 말이다.

'원래는 1년 뒤에 갈 생각이었지만……'

기회가 찾아온 마당에 거절할 이유는 없었다.

지금으로부터 1년 뒤 신평을 뒤흔들 커다란 사건이 터진다.

신평 내란(內亂).

내란을 일으키는 건 박수범.

박진범의 동생이자 신평의 유일한 산지인 일각산(一角山)의 지배자다.

정확한 이유는 알 수 없으나 약 1년 뒤 그가 반란을 일으키고 신평은 최소 절반 이상의 전력을 잃어버린다.

'피해가 꽤 컸지.'

신평은 이 나라의 세 핵심 전력 중 하나다.

천일, 신평, 그리고 계명.

이 세 가문이 왕국 전력의 7할을 가지고 있다.

만약 회귀 전처럼 신평이 둘로 나뉘어 싸우기 시작한다면 그 손해는 엄청날 것이다.

'그 전에 친해져야 해.'

그렇지 않아도 내란을 미연에 방지하는 게 내 목표였다.

그런데 마땅한 접점이 없었기에 그것이 갖춰지기만을 기다렸다.

외부인인 내가 지금 가서 '당신 동생이 내란을 일으킬 겁니다!'라고 말하면 문전박대당할 것이 분명하기 때문이다.

이를 위해 그 전에 박진범과 신뢰를 쌓을 필요가 있었다.

'그렇다고 민아 선배랑 약혼할 수도 없고.'

어떻게 하면 박진범과 지금보다 가까워질 수 있을까?

그렇게 생각이 깊어질 때였다.

"여기 있었네."

나는 목소리가 들린 방향으로 고개를 돌렸다.

박민아가 어색한 얼굴로 다가오고 있었다.

"어쩐 일이십니까?"

"오늘 당황스러웠지? 아버지가 좀 막무가내인 면이 있어서. 이해 좀 해 주길 바란다."

사과하러 온 것일까?

민아 선배의 성격을 보면 이런 일로 사과할 만한 인물은 아닌 거 같은데 말이다.

나는 대수롭지 않게 말했다.

"좋은 술 마시고 나왔으니 됐죠."

"그리고⋯⋯."

역시 뭔가가 더 있나 보다.

박민아는 잠깐 우물쭈물하더니 말했다.

"부탁하고 싶은 게 하나 있는데. 이번 승급 시험 끝나면 같이 신평으로 가 줬으면 해."

"신평으로요?"

박진범은 노골적으로 나와 민아 선배를 이어 주기 위해 노력하고 있었다. 그걸 모를 리가 없는 민아 선배가 나를 초대한다는 건⋯⋯.

아, 이놈의 인기란.

"전 관심이 없습니다만."

"나도 없어. 기분 나빠. 이상한 생각 하지 마."

"⋯⋯."

기분 나쁠 필요가 있나?

난 이서하인데.

왕국 최고의 영웅…….

"하아, 넌 도대체 어떻게 천우진을 죽인 거냐?"

박민아의 독설에 내 생각이 싹 사라졌다.

이거 아무래도 내가 또 잘못 짚은 것만 같다.

박민아는 말을 이어 갔다.

"아버지는 뭔가 이상한 생각을 하는 모양이지만 나는 너한
테 관심 없어. 그보다 민주 때문에 와 달라는 거야."

"민주요?"

"응. 어떻게 활을 쓰는 건 허락받았지만 여전히 졸업 뒤에
는 무과를 보지도 못하고 결혼해야 해."

"그거야 본인이 싫다고 하면 되는 일 아닙니까?"

"걔가 그럴 수 있을까?"

"하긴, 그렇네요."

박민아라면 집을 나가면서라도 무과를 봤을 것이다.

하지만 박민주는 다르다.

처음 활을 들 때도 그녀는 가문을 생각하며 망설였을 정도
니까.

아마도 자기 부모님이 시키는 대로 살 것이다.

"그러니까 네가 와서 아버지 좀 설득해 줬으면 해."

"그래서 제가 얻는 건요?"

"내 신뢰."

말장난 같았으나 박민아는 진지하게 말했다.

"네가 원하면 어디든 가서 어떤 식으로든 도움을 줄게. 그 정도면 괜찮겠지? 난 차기 신평의 가주가 될 사람이니까."

"충분하네요."

박민아와 약혼하지 않는 선에서 박진범과 친해질 계기를 찾고 있던 나로서는 나쁘지 않은 제안이었다.

게다가 신평은 말 한마디를 목숨으로 여긴다.

특히 박민아는 목숨보다도 의리와 명예를 중요시했다.

저 말에 일말의 거짓도 없으리라.

"좋습니다. 그럼 승급 시험이 끝나고 바로 가면 되는 겁니까?"

"응. 민주랑 같이 오면 돼. 나는 무과 결과가 나오면 아버지와 먼저 돌아가 있을 테니까."

"알겠습니다."

할 말을 끝낸 박민아는 사라졌고 나는 신평으로 갈 준비를 위해 입을 열었다.

"전가은 씨."

나의 부름에 전가은이 나타났다.

수도에 있을 때는 항상 내 옆에 전가은이 있었다.

아마도 유현성의 특별 지시겠지. 여러 가지 의미로 말이다.

어쨌든 후암을 마음대로 사용할 수 있다는 건 편리한 일이다.

"부르셨습니까?"

"신평으로 가 주실 수 있겠습니까?"

"특별히 알아보고 싶은 것이 있으십니까?"

"신평의 관계도에 대해 알고 싶습니다. 대외적인 관계는 물론 내부 세력 구도까지 전부요. 특히 일각산의 박수범을 낱낱이 조사해 주세요."

전가은이 고개를 숙이고 사라졌다.

그녀는 아마 오늘 당장 신평으로 향할 것이다.

'다행이네.'

지금부터 알아봐서 나쁜 것은 없다.

나는 저물어져 가는 달을 바라봤다.

모든 일이 잘 풀리기를 바라며 모든 것이 꼬일 때를 대비하자.

◆ ◈ ◆

왕궁.

신태민은 이건하와 함께 앞으로의 일에 관해 대화했다.

"네 사촌 동생이 참으로 거슬리는구나. 나한테 올 생각도 없어 보이고. 암부도 터무니없는 금액을 요구하고 말이야."

"지금은 무시하는 것은 어떻습니까? 계획은 순조롭게 진행 중입니다. 무사들도 많이 모였고……."

"순조롭지. 다만 순조로울 뿐이라 문제지. 원래라면 더 많은 무사들이 우리 밑으로 들어와야 했을 터."

신태민은 혀를 찼다.

마치 발바닥에 작은 가시가 하나 박힌 기분이었다.

걸음을 내디딜 때마다 따끔거려 신경이 쓰이는 그런 가시.

그렇다고 5만 관이나 되는 돈을 이서하 하나를 죽이는 데 쓸 수는 없다.

돈이 없는 것은 물론이고 있다고 하더라도 자신을 지지해 주는 무사들을 위해 써야만 한다.

사람을 부린다는 것은 돈이 아주 많이 들어가는 일이었으니 말이다.

그때였다.

"두 분 벌써 와 계셨군요."

한 남자가 들어와 식탁에 앉았다.

"제가 좀 늦었습니다. 잔업이 많아서. 이래서 문관들이 힘든 거 아니겠습니까? 무사들은 원정 가서 한탕 딱 하면 되는데 문관들은 일이 매일 산더미예요. 하하하."

실없게 떠드는 남자의 이름은 허남재.

신태민 세력의 머리다.

가벼운 언행과는 달리 뛰어난 정치력과 군사적 지식을 가진 인물이었다.

처음으로 은월단과 접촉한 것도 허남재였으며 은월단과 합동으로 진행하는 작전 외에는 모두 그가 진두지휘하고 있었다.

"안 그래도 언제 오나 궁금했다."

"물어보고 싶은 게 많으셨나 봅니다? 왕자님."

"당연히 많지. 지금 상황을 어떻게 보나?"

"좋지 않죠."

허남재는 빙긋 미소를 지으며 우물거렸다.

"확실히 좋지 않아요. 이게 사실 몇 가지 변수는 계산하고 있었는데 이서하라는 그런 이상한 놈이 튀어나올 줄은 몰랐습니다. 그렇게 뛰어난 사촌이 있었으면 건하가 말을 해 줄 줄 알았거든요. 안 그런가?"

"원래는 천재는커녕 범인도 못 되는 아이였습니다."

"뭐, 자기를 잘 숨겼겠죠. 아무튼 그래서 아예 생각도 안 하고 있었는데 갑자기 청신가의 싸움으로까지 번져 버렸네요. 아주 흥미롭습니다."

"서론이 길다."

신태민이 말하자 허남재가 허허허 웃었다.

"하하하, 참 성미도 급해서. 안 그래도 이서하라는 놈에 대해 좀 알아봤는데 운성이랑은 사이가 안 좋더군요. 그 한상혁이라는 친구를 독립시키면서 한백사와는 완전히 척을 졌습니다. 좋은 소식이죠. 한백사야 이득이 없으면 움직이지 않는 인물이라 중립을 지키겠지만 그래도 승산이 반반이라면 우리 쪽 편을 들 겁니다. 그럼 우린 4대 가문 중 성도와 운성 둘을 등에 업을 수 있는 거죠. 계명(界明)이야 중앙은 신경도 안 쓰니 무시하고. 남은 건 신평입니다. 그런데 이게, 이게 또 문제입니다."

"문제라고?"

"신평의 박민아, 박민주 두 자매가 이서하랑 매우 친합니다. 게다가 박진범도 이서하와 같이 술까지 마시며 좋은 시간을 보냈다고 하더군요. 이러다가 신평이 신유민 왕자님 편에 붙으면…….”

“균형이 무너지겠군요.”

이건하의 말에 허남재는 손가락을 튕겼다.

“그렇지!”

뭐가 신났는지 함박웃음까지 짓는 허남재였다.

“성도가 암부와 하나라 치더라도 신평에 비할 바는 못 됩니다. 신평에는 수천의 무사가 있고 또 엄청난 군량미와 자금까지 있죠. 만약 신평이 대놓고 신유민 왕자 편을 드는 순간 어후, 상상만 해도 끔찍합니다.”

허남재는 손사래를 치며 말했다.

“그럼 운성도 절대 우리 편은 안 들어 주겠죠. 한백사니 이서하에게 고개를 숙이는 한이 있어도 지는 싸움은 안 할 테니까요. 결국 성도와 신평의 싸움이 되는 꼴인데…… 그럼 우리 패가 너무 약해요.”

한백사는 손익 계산이 빠르다.

조금이라도 승리가 의심되는 싸움에는 발을 뺄 터.

신태민은 피식 웃으며 말했다.

“그래서? 나쁜 말만 하면서 나를 놀려 주려고 온 건 아니지 않느냐?”

“아닌데요. 놀려 주려고 왔는데?”

신태민이 표정을 굳히자 허남재는 서둘러 말했다.

"하하하. 농담입니다, 농담. 해법은 간단합니다. 신평을 우리 편으로 만들면 되는 일 아닙니까?"

"그게 쉬운 일이었으면 이미 자네가 했겠지."

박진범과 신평은 절대로 정치권에 끼지 않는다.

오히려 왕족이 눈치를 봐야 하는 가문이 신평이다.

현 국왕인 신유철이야 워낙 강력한 왕권을 만들었고 박진범의 존경을 받고 있기에 문제가 없지만 신평은 언제나 자기들만의 노선을 유지했다.

그런 이들이 적통도 아닌 신태민을 지지할 리가 없었다.

"하긴, 박진범은 절대로 왕자님을 지지하지 않을 겁니다. 하지만 박수범이라면 어떻습니까?"

박수범.

박진범의 동생으로 지금은 신평의 유일한 산지인 일각산을 다스리는 자.

"그 또한 능력도, 야심도 있는 인물입니다. 기회가 오면 형을 내쫓고 가주가 될 생각도 있을 겁니다."

"하지만 신평은 가족을 끔찍이 아낀다고 들었는데. 너무 위험한 거 아닌가?"

"아끼죠. 아깝니다. 하지만 그럴싸한 명분만 있다면 마지못하는 척 움직일 겁니다. 그런 인물이니까요."

신평의 무사들은 명예와 의리를 중요시한다.

하지만 자신의 더러운 욕망을 충분히 숨길 수 있는 명분이 있다면 못 움직일 것도 없다.

원래 인간이란 그런 동물이니까.

"좋아. 그럼 그럴싸한 명분이 있나?"

"이서하가 있지 않습니까?"

"이서하?"

"신평은 외부인이 권력 구조에 들어오는 걸 극히 꺼리죠. 그것도 신유민이 아끼는 무사이자 철혈의 손자라면 부담스러울 수밖에요."

야심이 있는 박수범에게는 아니꼬울 수밖에 없는 일이다.

허남재는 미소를 지었다.

"허가만 해 주신다면 바로 움직이겠습니다. 박수범을 이용해 박진범을 죽이고 신평을 우리 편으로 만들어 보겠습니다."

"좋네."

신태민은 결단이 빨랐다.

"해 봐. 하지만 절대 들켜서는 안 될 거야. 후암이 어디든 있다는 것을 명심해."

"물론이죠. 밤말은 쥐가 듣고 낮말은 새가 듣고, 후암은 밤낮 가리지 않고."

허남재는 적당히 배를 채운 뒤 자리에서 일어났다.

"그럼 바로 출발하겠습니다."

"그리고 내 호위무사를 내주마. 진명을 데리고 가라."

"오, 진명이라면 걱정이 없죠. 감사합니다."

허남재는 고개를 숙이고 바로 출발했다.

두 세력이 신평을 차지하기 위해 움직이기 시작했다.

◆ ◈ ◆

승급 시험은 무사히 끝이 났다.

이번에는 10명 정도가 승급에 실패해 성무학관을 떠났지만 적어도 내 친구들은 우수한 성적을 받아 냈다.

한영수가 살아남은 건 꽤 의외였지만 말이다.

'회귀 전에도 졸업은 했었지.'

아마 그랬던 거 같다.

워낙 존재감이 없던 놈이라 잘 기억이 나질 않는다.

어쨌든, 일도 많고 탈도 많던 성무학관 2년 차는 그렇게 끝이 났다.

그렇게 짐을 싸고 있을 때 상혁이가 찾아왔다.

"서하야. 너 이번 방학에는 뭐 할 거냐? 혹시 너희 할아버지랑 수련할 거면 나도 가도 돼?"

"아, 그러려고 했는데……."

나는 고개를 돌려 상혁이 뒤에 있는 박민주를 바라봤다.

아마 언니에게 나와 함께 오라는 소리를 들었을 것이다.

"난 신평에 볼일이 있어서 거기 들렀다가 갈 거 같아. 할아버지한테는 미리 말해 놓을게, 먼저 가 있어."

"그래?"

상혁이가 돌아보자 박민주가 화들짝 놀라며 말했다.

"내, 내가 부른 거 아니야. 언니가 불렀어!"

그렇게 말하니까 더 이상하잖아.

상혁이는 당황한 얼굴로 박민주를 바라보더니 나에게 다가와 말했다.

"야, 걸리면 아린이한테 죽는 거 아니냐? 걔 성격 네가 몰라서 그런데……."

"잘 다녀오라던데?"

"뭐?"

"그냥 잘 다녀오라고. 그게 끝이었어."

"……너희 둘은 뭐냐? 알다가도 모르겠다."

"이런 게 진정한 믿음이라는 거지."

아린이에게는 이미 자초지종을 설명해 두었다.

아무리 아린이가 나를 믿고 있다고 하더라도 괜한 오해를 받는 건 싫으니까.

나는 상혁이의 어깨를 두드렸다.

"그럼 내가 가기 전까지 잘 버티고 있어라."

할아버지의 수련은 쉽지 않을 거다.

특히 상혁이는 한번 손봐 주겠다고 벼르고 계셨으니 말이다.

"죽을힘을 다하마."

상혁이와 인사를 나눈 뒤 나는 박민주에게 양해를 구하고
마저 짐을 정리했다.

그나저나 전가은이 오지 않는다.

'꽤 시간이 지났는데.'

슬슬 신평에서 돌아올 때가 되었는데 말이다.

'신평에서 접선해 올 수도 있겠지.'

왕복에도 시간이 걸리니 신평에 남아 내가 오기를 기다리
고 있을 가능성도 있다.

'그래도 뭔가 불안한데.'

괜히 고민하지 말자.

신평에 가서도 전가은이 나타나지 않는다면 그때 생각해
도 늦지 않는다.

"출발할까?"

박민주가 마차에 올라타며 말했고 나는 그녀의 뒤를 따라
갔다.

'신평은 오랜만이네.'

신평은 끝없이 펼쳐진 지평선이 아름다운 곳이다.

겨울인 지금은 끝도 없는 하얀 땅이 펼쳐지며 가을에는 황
금빛으로 불타오른다.

하지만 회귀 전 내가 본 신평은 다르다.

그 당시 신평의 평야에는 오직 시체뿐이었다.

'이번에는 그 아름다운 모습을 볼 수 있겠네.'

마차는 그렇게 신평의 넓은 평야로 향했다.

◆ ◈ ◆

서하가 도착하기 며칠 전.

전가은은 서하의 명령대로 일각산(一角山)에서 조사를 진행 중이었다.

'박수범. 박진범의 동생. 박진범과의 나이 차이는 13살.'

박수범은 어떻게 보면 불운한 인물이었다.

엄청난 재능을 보이며 성무학관에 입학했을 때 그의 아버지가 죽었고 가주 자리는 이견의 여지 없이 10살 이상 더 많던 박진범에게로 돌아갔다.

'야망이 있다고 하더라도 어쩔 수 없는 상황이었지.'

고작 15살이 20대 후반의 형과 권력 싸움을 할 수는 없었고 얌전히 일각산(一角山)으로 밀려났다.

'하지만 신평은 끈끈하다.'

그렇다고 박수범을 의심할 근거는 없다.

후암의 보고서에도 신평의 유대는 끈끈하며 쉽게 끊어지지 않을 것이라고 적혀 있었으니 말이다.

'그런데 왜 의심할까?'

이서하는 박수범을 딱 찍어 조사해 달라고 말했다.

그 이유가 있을 터.

이서하는 언제나 뭔가를 아는 듯 행동했고 전부 그의 예상대로 흘러갔었으니 말이다.

'도대체 어떤 정보원을 가지고 있는 건지 모르겠네.'

그때, 멀리서 마차 소리가 들려왔다.

'마차?'

늦은 밤.

상태도 좋지 않은 일각산의 도로를 달리는 마차는 수상할 수밖에 없었다.

수상함을 느낀 전가은은 바로 그 뒤를 따랐다.

이윽고 잠시 쉬기 위해 선 마차 안에서 한 남자가 걸어 나오는 것이 보였다.

'……허남재!'

꽤 거리가 있었으나 밝은 횃불 덕분에 전가은은 허남재의 얼굴을 확실하게 볼 수 있었다.

'신태민의 왼팔.'

허남재는 정체가 모호한 인물이었다.

대외적으로 나서는 일도 없었고 자신이 직접 나서야만 할 때는 언제나 은밀하게 움직였다.

그런데도 전가은이 허남재의 정체를 알고 있는 이유는 그가 딱 한 번, 선생과 대화하러 온 적이 있기 때문이었다.

'저 사람이 왜 여기 있지?'

그렇게 생각하는 순간.

허남재의 옆에 있던 남자가 전가은을 정확하게 응시했다.

긴 머리에 죽은 눈의 남자.

"……!"

전가은은 바로 몸을 돌려 어둠 속으로 사라졌다.

식은땀이 흐를 정도로 오싹했다.

'허남재 옆의 저 정도 무사라면…….'

이건하를 제외하면 단 한 명뿐이다.

'진명!'

더 조사하는 것은 위험하다.

그 순간이었다.

"후암이냐?"

전가은의 앞에 진명이 나타났다.

서둘러 도망친다고 도망쳤는데 이미 늦은 모양이다.

'은월단이라고 말해 봤자 살려 두지는 않겠지.'

은월단과 신태민은 서로 협력 관계이기는 하지만 동시에 서로를 믿지 않았다.

딱 필요한 만큼 서로를 돕는 그런 단체.

자신의 정체를 대외적으로 드러내지 않을 만큼 치밀하게 움직이는 허남재가 은월단이라고 살려 줄까?

절대로 그럴 리 없다.

'후우.'

전가은은 바로 진명의 반대 방향으로 뛰었다.

다행이라면 후암은 모든 지형을 어렴풋이나마 알고 있다는 것이다.

일각산.

지금 방향으로 쭉 가면 계곡이 나온다.

진명은 허남재를 호위해야 하니 계곡에 뛰어들면 따라오지 못할 것이다.

어떻게든 벗어나야 한다.

그러나 속도에서는 진명이 더 위였다.

진명은 바로 검을 휘둘렀고 전가은 이를 악물었다.

'뚫고 가지 않으면 활로가 없다.'

진명의 검이 목으로 날아오는 순간 전가은은 몸을 비틀며 피했다.

그렇게 진명의 옆을 지나가는 순간이었다.

"어?"

피했다고 생각하는 순간 두 번째 검이 나타났다.

전가은은 마지막 순간까지 집중력을 잃지 않고 몸을 틀었으나 검은 그녀의 어깨를 꿰뚫었다.

"크윽!"

쌍검을 사용하는 자였던가?

땅을 뒹군 전가은은 뒤도 돌아보지 않고 달린 뒤 개천을 향해 몸을 던졌다.

제발 따라오지 않기를 바라며.

"……허튼짓을."

진명은 미련 없이 바로 허남재에게로 돌아갔다.

여유롭게 꼬치를 굽고 있던 허남재는 돌아온 진명을 슬쩍 본 뒤 말했다.

"죽였나? 목은 가져왔겠지?"

"죽었을 겁니다."

"에이, 우리 무사님답지 않게 왜 그래? 죽었을 겁니다는 살아 있을 수도 있다는 소리잖아. 나 그렇게 일하는 거 싫어하는데."

"죄송합니다. 하지만 절멸도(絕滅刀)에 찔렸으니 걱정하실 거 없습니다."

귀도(鬼刀)라고 불리는 절멸도에는 고유의 음기가 흐르고 있었다.

이것에 찔린 자는 지금까지 경험한 모든 정신적 고통을 한 번에 받아 스스로 목숨을 끊거나 미쳐 버린다.

"아~ 그래? 그럼 인정. 인정해 줄게."

절멸도의 특성을 아는 허남재는 꼬치를 먹고는 빙긋 웃었다.

"다시 이동하자고. 박수범이가 기다리니까."

그렇게 마차는 일각산으로 향했다.

신평에게 도착하자마자 광활한 평야가 펼쳐졌다.

눈이 와 하얗게 펼쳐진 땅 위에는 그 어떤 흔적조차 없다.

그런데도 도로가 깔끔하게 정리된 걸 보면 도시가 얼마나 원활하게 돌아가고 있는지를 알 수 있다.

농사일이 끝난 이들이 하는 일이라고는 눈을 치우고 또 먹고 자는 것밖에 없었으니 말이다.

어린아이들까지 나와서 뛰어노는 걸 보니 마음이 따뜻해진다.

…….

내가 이렇게 주절거리고 있는 이유가 있다.

"박민주."

"어?"

신평이 다가올수록 박민주의 상태가 점점 안 좋아지고 있었다.

성무학관에서의 활발한 모습은 사라지고 겁먹은 얼굴이다.

아무리 나라고 해도 저 상태의 박민주는 불편하다.

일단 다시 말을 걸어 보자.

"신평은 뭐가 맛있어? 처음 와 봐서 잘 모르겠네."

"다! 다 맛있어. 그럴 거야."

박민주는 서둘러 대답하고는 시선을 돌렸다.

계속 이런 식이다.

대화가 이어지질 않는다.

확실히 박민아의 말대로 신평 안에서 박민주의 대우가 좋지는 않은 모양이다.

그렇게 어색한 시간이 지나고 목적지에 도착할 수 있었다.

신평 박씨의 저택.

박진범은 직접 마중 나와 있었고 그의 옆에는 박민아가 서 있다.

내 생각보다도 많은 인파가 나와 있었으나 환대 해주는데 기분 나쁠 건 없다.

나는 마차에서 내리며 바로 허리를 숙여 인사했다.

"오랜만에 뵙겠습니다. 가주님. 환대해 주서서 감사합니다."

"하하하, 귀한 손님이 오는데 그럼 당연히 이 정도는 해 줘야지. 자, 그럼 간단한 인사만 하고 들어가지. 여기는 내 동생 박수범이라고 한다."

뭐야? 박수범?

이렇게 빨리 요주의 인물을 만날 줄이야.

나는 박진범 옆에 서 있는 박수범을 바라봤다.

박진범과 비슷하게 생겼으나 분위기는 다르다.

박 가주가 호랑이라면 박수범은 표범과 같은 느낌이었다.

그보다 박수범이 여기 있다는 말은 전가은도 여기 있어야 한다는 소리다.

나는 육감으로 주변을 살폈다.

전가은으로 추정되는 것은 느껴지지 않는다.

그렇게 생각할 때 박수범이 손을 내밀며 말했다.

"천우진을 벤 무사라고 들었다. 굉장하구나."

"과찬이십니다. 그리고 아직 무과를 통과하지 못했으니 정식 무사는 아닙니다. 그냥 이서하라고 불러 주십시오."

"겸손도 심하면 보기 좋지 않다. 그 나이에 북대우림까지 갈 정도라면 이미 통과한 거나 마찬가지지."

박수범은 씩 웃고는 악수한 손을 풀었다.

지금까지는 사람만 좋아 보인다.

"그럼 좋은 시간 보내고 가길 바란다."

인사를 마친 박수범은 부하들과 함께 사라졌다. 박진범은 흡족하게 웃으며 말했다.

"바쁜 놈인데 내가 꼭 인사해야 한다고 잡고 있었다."

"뭔가 죄송하네요."

"하하하, 그럴 필요가 있나? 자, 이쪽은 내 옆에서 보좌해 주는 박춘식이라고 한다. 인사해라."

"박춘식이라고 합니다."

나는 다른 소개를 받으면서도 멀어지는 박수범을 바라봤다.

가죽옷을 뒤집어쓴 그의 뒤로 수많은 무사가 따르고 있었다.

박수범이 언젠가 반란을 일으킨다는 사실을 알아서일까?

뭔가 불안한 생각이 계속해서 들었다.

그렇게 모두와 가벼운 인사를 나눈 뒤 박진범이 말했다.

"잠시 여독을 풀고 점심시간에 보자꾸나. 환영회를 열 것이니 늦지 않게 오거라."

"감사합니다. 가주님."

"그럼 민아야. 네가 좀 안내해 주겠느냐?"

"네, 아버지."

나는 짐을 들고 박민아를 쫓았다.

박민아는 그렇게 안으로 걸어 들어가며 말했다.

"잘됐다. 얘기해야 할 것이 있었는데."

"저도 부탁할 것이 있습니다. 급한 일이 좀 있어서요."

"급한 일? 이제 도착했잖아."

나는 작게 한숨을 내쉬었다.

숙소에 도착했음에도 전가은이 느껴지지 않았다.

정말로 무슨 일이 벌어져도 벌어진 것이다.

'박수범은 여기 있다.'

그렇다면 전가은도 있어야 한다.

정문에서는 고수가 많아 혹시나 들킬까 나에게 접근하지 않았더라도 지금은 슬슬 보고하러 와야만 한다.

그렇지 않는다는 것은……

'무슨 일이 생긴 게 분명하다.'

나는 발걸음을 멈추고 박민아에게 말했다.

"사람 하나 찾으러 가야 할 거 같습니다."

"갑자기?"

"네, 죽었을 수도 있지만요."

순간 박민아의 표정이 굳어졌다.

나는 그런 그녀에게 말했다.

"좀 도와주시겠습니까?"

"어떻게?"

"일단 일각산의 부근의 지도, 그리고 박민주 좀 불러 주시죠."

"민주?"

"네. 민주의 도움이 꼭 필요하거든요. 사람을 찾으려면."

난 전가은의 대략적인 위치를 추측할 뿐, 그녀가 어디 있는
지 정확한 위치를 알 수 없다.

그러니 박민주가 필요하다.

천리사궁을 수련해 그 누구보다 좋은 눈을 가진 그녀가.

이서하와 인사를 나눈 박수범은 부하들과 함께 숙소로 이
동했다.

침묵이 감돌자 옆에 있던 부하가 입을 열었다.

"어려 보이네요. 괴물 같은 놈이 올 줄 알았는데."

"겉만 봐서는 모르는 법이지."

"어떻게 하실 생각입니까? 신태민 측의 제안에 아직 확답
을 주지 않으셨지 않습니까?"

박수범은 허남재와의 대담을 떠올렸다.

허남재는 장황하게 상황을 설명하다 마지막에 이르러서야 자신의 뜻을 정확하게 전달해 주었다.

"신평을 이서하와 신유민 태자 저하에게 넘길 생각입니까? 그럴 바에는 박 무사님이 신평의 주인이 되는 건 어떻습니까? 신태민 저하가 왕좌에 앉으면 좋은 관계를 유지할 수 있을 겁니다."

박수범은 대답하지 않았으나 허남재는 주섬주섬 짐을 챙기며 말했다.

"신평가의 사람들은 추수가 끝나고 겨울에 사냥 대회를 연다고 들었습니다. 만약 마음을 정하신다면 징을 세 번씩, 두 번 치시면 됩니다. 그럼 동의했다고 생각하고 계획을 실행에 옮기겠습니다."

"계획? 어떻게 하려는 것이냐?"

"암부에서 100명 정도의 살수를 보내 줄 것입니다. 그들을 사냥터에 대기시켜 놓겠습니다."

"암부에서 살수를 보낸다고? 그래 봤자 신평의 무사들에게는 상대가 안 될 텐데?"

"물론, 그렇겠죠. 하지만 비극적인 사고가 되어야 무사님이 신평의 가주가 되기 수월하시지 않겠습니까? 뭐, 배후는 적당히 지목하시면 될 거 같고. 그럼 저는 수도에서 무사님의 선택을 기다리겠습니다."

그 말을 끝으로 허남재는 자리에서 일어나 밖으로 나갔다.

한마디로 움직이려면 움직이고, 싫으면 말라는 소리였다.

대담한 행동이지 않을 수 없다.

이대로 박수범이 박진범에게 가 모든 것을 말한다면 신태민과 신평의 관계는 돌이킬 수 없을 테니 말이다.

하지만 박수범은 그러지 않았다.

그저 자신의 형에게 이서하를 어떻게 할 거냐고 물었을 뿐이다.

돌아온 대답은 기대와는 달랐다.

"이서하? 뭐, 우리 사람이 안 되더라도 친하게 지내 나쁠 이유가 없지. 신유민 저하의 사람 아니냐?"

"하지만 그렇게 되면 신태민 저하와는 적이 됩니다."

"그게 왜 문제냐? 어차피 태자는 신유민 저하다."

박진범은 확고했다.

"신평은 언제나 그렇듯 중립으로 남을 생각이지만, 만약 누군가를 지지해야 한다면 신유민 저하를 지지해야겠지."

그 이후로 박수범은 자신의 형을 설득하지 않았다.

그리고 이서하가 도착했고 원하든 원치 않든 신평은 신유민을 지지하는 모양새가 되어 가고 있었다.

'이래서는 안 된다.'

박수범은 그것이 마음에 들지 않았다.

신태민이 더 차기 왕좌에 가깝다고 생각하기 때문이다.

거기에 허남재는 성도와 운성이 이미 신태민을 지지한다

고 말했다.

허세가 아니라면 신평은 두 4대 가문을 상대해야만 한다.

그렇다면 승산은 반반.

굳이 무조건 이길 수 있는 길을 놔두고 전쟁을 벌여야 하는가?

그렇게 생각한 박수범은 작게 중얼거렸다.

"확실히 신유민보다는 신태민이 낫지."

"그럼 움직이시겠습니까? 저희는 형님을 따를 뿐입니다."

"……."

박수범은 마지막으로 고민했다.

허남재를 만나고 난 뒤로 하루도 고민하지 않은 적이 없다.

사실 대답은 이미 나와 있었다.

어렸을 적부터 생각했다.

왜 나는 일각산에 처박혀 있어야 하는가.

형이 나보다 나은 것은 무엇인가.

그러나 고민해 본들 바꿀 수 있는 것은 없었고 이미 정해진 일이었기에 박수범은 최대한 만족하며 살고 있었다.

하지만 이제는 명분이 있다.

형이 신평을 망치는 것을 가만히 두고 볼 수는 없었다.

"……모든 건 신평을 위해서다."

그의 부하들은 말없이 고개를 숙였다.

"형님의 뜻을 따르겠습니다."

언제나 가주가 되고 싶은 마음이 있었다.

그래서일까? 박수범은 자기 자신을 속이기 위해서라도 계속해서 되뇌었다.

이 모든 건 신평을 위해서라고.

◆ ◈ ◆

신평에서 맞이하는 첫 식사.

나의 환영회가 열렸다.

지금 당장이라도 진가은을 찾으러 가고 싶었으나 그럴 수는 없다.

환영회를 말도 없이 빠진다면 큰 실례가 될 테니 말이다.

게다가 전가은의 존재에 관해서는 말하지 않는 편이 좋다.

'후암을 심어 놓은 것이 좋게 보일 리가 없지.'

이유야 어찌 됐든 남의 땅에 세작을 심어 놓은 셈이었으니 좋게 보일 리가 없다.

잘못하면 신뢰를 얻기는커녕 반감만 살 것이다.

'급하게 움직이지 말자.'

전가은이 임무를 떠난 지는 꽤 시간이 지났다.

죽었든, 살았든.

이미 결정이 났을 것이다.

'죽었을 확률이 9할 이상이지만……'

그렇다고 피치 못할 사정으로 어딘가에 숨어 있을 경우를
배제할 수는 없다.

일단 찾으러 가 보자.

그렇게 생각하던 나는 고개를 들었다.

박진범의 친척들은 나에게 자신의 자식들을 자랑하고 있
었다.

"하하하, 도련님. 우리 아들입니다. 작년 무과에 통과해 벌
써 중급 무사가 되었죠."

"안녕하십니까. 박주호라고 합니다."

"처음 뵙겠습니다. 이서하입니다."

그렇게 인사를 하고 있을 때 박진범이 다가왔다.

"신평에는 뛰어난 무사들이 많다. 이번에 민아도 중급 무
사로 임관했으니 친하게 지내 나쁠 것은 없을 거야."

"네, 그렇겠죠."

그때 박민아가 나를 슬쩍 쳐다봤다.

민주 좀 띄워 달라는 것만 같다.

안 그래도 슬슬 민주 얘기를 할 생각이었다.

"그중에서는 민주가 가장 기대되네요."

나의 말에 옆에 있던 박민주가 흠칫 놀라 주변을 돌아봤다.

꽤 크게 말했기에 주변에 있는 사람들 모두 내 말을 들을
수 있었다.

그런데 다들 약간은 당황한 얼굴이다.

이상한 말을 한 것도 아닌데 말이다.

"하하하, 말이라도 고맙구나. 하지만 민주는 무과를 보지 않을 생각이다."

"무과를 안 본다고요?"

저토록 확실하게 말하는 걸 보니 박민아의 말대로 민주의 미래는 이미 정해진 것만 같았다.

내가 고개를 갸웃하자 바로 옆에 있던 박춘식이 작게 말했다.

"민주 아가씨는 검을 무서워해 무사가 될 수 없습니다. 무과를 보는 건 아무래도 힘들겠죠."

"알고 있습니다. 하지만 극복해 내고 있죠. 그리고 무과를 안 볼 생각이라면 왜 성무학관에 다니는 겁니까? 무과를 보려고 다니는 것 아닙니까?"

"그건 무과를 보지 않더라도 어느 정도의 실력을 쌓는 게 좋기 때문입니다. 성무학관 출신이라면 총명함과 건강함을 입증할 수 있으니까요."

박진범은 고개를 끄덕였다.

"그래. 무사가 되지 않는 길이 민주에게나 우리에게나 좋은 길이지. 싸우지 못하는 무사가 전장에 나가 개죽음당하는 것만큼 헛된 죽음은 없으니까. 안 그러냐? 민주야."

박진범은 돌연 고개를 돌려 민주에게 물었다.

박민주는 흔들리는 눈으로 나를 바라보다 마지못해 고개를 끄덕였다.

"네, 아버지."

"봐라. 민주도 그러지 않느냐?"

친척들 역시 고개를 끄덕일 뿐이다.

신평에 박민주의 편은 없었다.

박민아는 한숨과 함께 중얼거렸다.

"이렇다니까……."

그녀가 왜 나에게 도와 달라고 했는지를 알 것만 같다.

이런 분위기에서는 수련하고 싶어도 제대로 할 수 없겠지.

왜 쓸데없는 짓을 하냐는 듯 바라볼 테니까.

고작 16살짜리 소녀가 이겨 낼 수 있는 압박이 아니다.

주변에서 모두가 '넌 할 수 없다.'라고 말한다면 스스로도 그렇게 생각하기 마련이다.

그래서 환경이 중요한 건데 말이야.

하지만 저들의 시선도 이해는 간다.

'확실히 박민주의 약점은 치명적이지.'

그 어떤 공격에도 반응할 수 없다는 건 변명할 여지가 없는 치명적 약점이다.

하지만 박민주에게는 재능이 있기에 그 약점을 상쇄시킬 수 있다.

천리사궁을 제대로 수련해 궁신의 경지에 올라선다면 적에게 공격받을 일조차 없을 테니까.

그러니 나라도 믿어 주도록 하자.

나는 모두가 들으라는 듯 말했다.

"민주가 뭐라고 하든 전 생각이 다릅니다. 민주는 무신의 경지까지도 갈 수 있을 테니까요."

그러자 박민주가 화들짝 놀라며 말했다.

"내가?"

……왜 네가 더 당황하냐? 박민주.

뭐, 조금은 무리수였나?

그러자 주변에서 살짝 웃기 시작했고 누구보다 박진범이 더 크게 웃었다.

"하하하! 그래, 그래. 친구를 위하는 마음은 잘 알겠다만 너무 갔구나. 민주 일은 내가 알아서 할 테니 걱정하지 말아라."

역시 말로는 한계가 있다.

언젠가 박민주의 실력을 보여 주지 않으면 설득할 수 없을 거 같다.

'언젠가 기회가 생기겠지.'

난 그렇게 생각하며 자연스럽게 다음 대화로 넘어갔다.

"아, 그리고 청이 하나 있습니다."

"청?"

"잠시 민주와 일각산에 다녀오고 싶습니다."

"일각산?"

나는 고개를 끄덕였다.

만약 전가은이 임무 중 실종되었다면 그건 일각산 근처일 것이다.

내가 박수범을 지목해 조사해 달라고 했었으니 말이다.

나는 태연하게 말을 이어 갔다.

"네, 신평의 무사들이 수련하는 곳이라고 들었습니다. 한 번 가서 보고 싶습니다."

"안 될 건 없지. 그렇지? 아우야."

박진범은 동생을 바라봤다.

아무리 박진범이 신평의 가주라고 하더라도 일각산은 동생의 영역이었기에 의사를 물어봐야 했다.

박수범은 고개를 끄덕였다.

"괜찮습니다. 일각산은 멋있는 곳이죠. 온 김에 한 번 보고 가는 것도 나쁘지 않을 겁니다."

"그런데 민아랑 가지 않고?"

"제가 바빠서 민주랑 갔다 오라고 했습니다."

"……그래?"

박진범은 아쉬운 듯 고개를 갸웃했다.

포기를 모르는 아저씨다.

"바로 사흘 뒤에 사냥 대회가 시작될 테니, 그때까지 돌아오기만 하면 된다."

"네, 꼭 돌아오겠습니다."

고작 삼 일.

나는 그렇게 환영회가 끝나기만을 기다렸다.

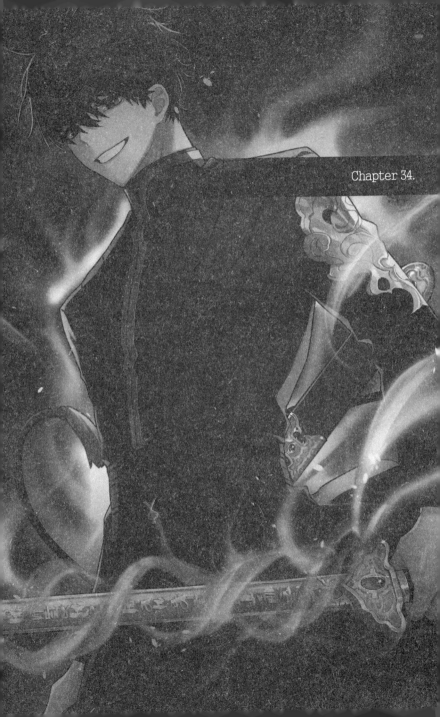

Chapter 34.

환영회가 끝나고 나는 박민주와 함께 밖으로 나왔다.

이미 어두워졌으나 나는 바로 출발할 생각이었다.

박민주는 머뭇거리며 다가와 말했다.

"그런데 갑자기 일각산은 왜? 그것도 나랑……."

"찾아야 할 사람이 있어."

"찾아야 할 사람? 일각산에?"

"응. 그래서 네 도움이 좀 필요해."

"내 도움?"

박민주는 영문을 알 수 없다는 듯 고개를 갸웃했다.

살짝 답답하다.

천리사궁을 수련한 지가 이제 1년이 넘었는데 자기 능력을 모른다.

자존감이 완전히 무너진 건 알겠지만 그것을 되찾는 것도 박민주 본인이 해야 하는 일이다.

그래도 자기 능력을 조금 알려 주기는 해 보자.

"천리사궁의 기본이 뭔지 기억해?"

"정확도, 근력, 상황 판단력 그리고……."

"그건 필수적으로 수련해야 하는 것들이고. 천리사궁의 가장 기본은 시야야."

뭐가 보여야 저격을 할 거 아닌가.

그렇기에 천리사궁은 그 어떤 무공보다 안력(眼力)을 중요시한다.

궁신(弓神) 박민주는 지평선 끝에 있는 파리 한 마리도 볼 수 있다는 말이 돌 정도로 뛰어난 눈을 가지고 있었다.

그 수준은 아니더라도 지금의 박민주 또한 상당한 수준의 안력(眼力)을 만들었을 터.

"나는 볼 수 없는 것을 넌 볼 수 있어. 천리사궁 수련자는 최고의 척후병이 될 수 있지."

"……그런 거야?"

"분명 너도 느낄 수 있을 만큼의 변화가 있었을 텐데? 수련 열심히 한 거 맞아?"

"응! 그건 정말 열심히 했어……. 나름."

안다.

열심히 한 거.

매일같이 달리는 것도 보았고 늦은 밤에도 두 눈을 부릅뜨고 안력을 수련한 것도 잘 알고 있다.

"그러면 자신감을 가져. 아까처럼 멍청한 소리 하지 말고."

"응?"

"무과 안 보겠다는 거. 그거 진심 아니잖아."

"······하지만 아버지가 원하시니까. 어머니도 그냥 결혼하는 게 더 좋다고 하고."

"난 네가 활을 제대로 수련했으면 좋겠어."

나의 말에 박민주가 고개를 들었다.

"네가 무신이 될 거라는 거 진심이었으니까."

"······."

그녀에게 궁신이 될 자질이 있는 건 이미 증명된 사실이다.

어떻게든 계속 동기 부여를 해 줘야 한다.

내가 그리는 미래의 중요한 조각이니까.

"어쨌든 그래서 네 힘이 좀 필요해. 도와줄 수 있겠어?"

"응. 내가 도울 수 있는 거라면."

"자, 그럼 달리자."

"응? 마차 타는 거 아니었어?"

나는 슬슬 내리는 눈을 바라봤다.

"마차로는 늦어. 달릴 거야. 한 네 시진 정도 달리면 도착하겠지."

"추, 추운데? 그리고 밤이야. 우리 안 자?"

"잘 시간 없어. 수련이라고 생각하자고. 어차피 운기조식하면 3, 4일은 안 자도 되잖아."

"네 기준으로 말하지 마. 난 못 해."

"어허!"

나는 박민주의 등을 밀었다.

"빨리 달려. 내년에 수련 안 봐준다?"

"그건 싫어!"

박민주가 속도를 내기 시작했고 나는 표정을 굳혔다.

'전가은.'

공적으로 대화한 것 외에는 접점이 없었으나 그녀에게는 꽤 많은 빚이 있다.

'살아만 있어라.'

그렇게 기도하며 나와 박민주는 눈밭을 달리기 시작했다.

밤새도록 달려온 덕분에 해가 뜰 때쯤에는 일각산 초입의 마을에 도착할 수 있었다.

일각산의 상황은 생각보다 좋지 않았다.

온통 눈으로 덮여 있었기 때문이다.

'추적이 쉽지 않겠어.'

눈이 모든 것을 지워 버렸을 테니 말이다.

'후암 지부라도 있으면 좋겠지만.'

아쉽게도 신평에는 후암이 딱히 존재하지 않는다.

후암은 왕가와 사이가 좋지 않은 가문에 잠입해 그들의 약점을 찾아내는 집단이기에 국왕 전하와 사이가 좋은 박진범의 땅에는 들어올 이유가 없었다.

있어 봤자 극소수가 동향만 보고하고 있을 뿐.

'그래도 다행이라면 일각산 중턱으로 향하는 길은 하나뿐이다.'

박수범의 본거지라고 할 수 있는 일각산성은 산 중턱에 위치해 있다.

이 허름한 마을에서 박수범과 신태민의 전령이 만난 것이 아니라면 분명 그 길을 지나갔을 것이다.

"일각산성으로 가는 길에 뭔가 흔적이 있을 거야. 그러니까……."

"하아, 하아. 잠깐만. 뭐라고?"

강행군을 한 탓인지 박민주는 반쯤 죽어 가고 있었다.

하지만 상황 봐줄 때가 아니다.

"가면서 뭔가 부자연스러운 것이 있으면 말해 줘. 나도 살펴볼 테니까."

"부자연스러운 거?"

"응. 학관에서 추적술을 배웠잖아. 모든 움직임은 흔적을 남겨. 부러진 나뭇가지, 쓰러진 풀, 발자국. 뭐든지 좋아. 전부 보고해."

박민주는 자신이 없는 얼굴로 고개를 끄덕였다.

"응. 보는 대로 다 말할게."

"그럼 가 보자."

산성으로 향하는 길은 수시로 마차가 지나다니는 길인 만큼 잘 정돈되어 있었다.

"저기 나뭇가지 꺾여 있어."

"저쪽에는 나무를 한 흔적이야."

"저긴 살짝 땅을 팠다가 다시 메운 거 같아."

도대체 어떻게 저런 게 보이는지 모르겠지만 빠르게 이동하는 와중에도 박민주는 계속해서 보고해 주었다.

눈에 흔적이 파묻혔음에도 이 정도라니.

생각 이상이었다.

엄청난 양의 정보가 한 번에 들어왔지만 일단은 전부 확인해야만 한다.

전가은에 대한 일말의 단서도 없었기에 그 어떤 것도 그냥 지나칠 수 없다.

그 때문에 속도는 상당히 느렸다.

첫날은 그렇게 순식간에 지나가고 밤이 깊어 왔다.

저녁에는 움직이기가 힘들었으니 적당한 장소를 찾아 불을 지피고 아침이 오기를 기다렸다.

주어진 시간은 삼 일.

넓은 일각산을 전부 돌아보기에는 시간이 많지는 않다.

'일각산에 없을 가능성도 있으니 마냥 찾고만 다닐 수도 없고.'

점점 걱정이 많아진다.

'그만 생각하자.'

그때 박민주가 물어 왔다.

"그런데 누구를 찾는 거야? 아직 못 들었는데."

"같이 일하던 사람이 있는데 일각산에서 사라졌다고 들어서."

"친한 사람이야?"

"응?"

"아니, 그냥 표정이 안 좋아 보여서."

친한 사람인가?

그저 유현성의 부하니까. 후암이니까 안심하고 사용하고 있을 뿐이다.

'하긴, 아는 것이 없는데 너무 편하게 대하고 있긴 했지.'

그러고 보니 난 전가은에 대해 아는 것이 없다. 후암이었기에 기록 한 줄 남아 있지 않았고 풍문으로도 들어 본 적이 없다.

'적이 되면 위험한 사람이다.'

전가은은 내가 하는 모든 행동을 보고 있었다.

유현성이 내 편이기에, 그의 귀에는 들어가도 괜찮은 것들이기에 신경 쓰고 있지 않았으나 문득 안일하게 생각하고 있는 것이 아닌가 하는 생각이 들었다.

또다시 생각이 깊어진다.

하지만 지금은 그런 걸 걱정할 때가 아니다.

전가은이 정말 누군가에게 당한 것인지. 그게 아니라면 어디 있는 것인지. 어떤 정보를 가졌는지부터 알아내야만 한다.

나는 생각을 마치고 박민주의 질문에 대답해 주었다.

"글쎄. 친해지면 좋을 사람이지."

대충 이 정도면 좋은 대답이 되지 않았을까?

그렇게 생각할 때 그르렁거리는 소리가 들려왔다.

산짐승이라도 온 것일까?

나도 모르게 벌떡 일어나고 나서야 그 소리가 뒤에서 들려왔다는 것을 깨달을 수 있었다.

"크어어어어."

나는 세상 편하게 코를 골며 자는 박민주를 바라봤다.

저격수가 코를 골면서 잘 수도 있나?

아직 궁신의 경지에 올라가지 못해서 그런 걸 거야.

분명 그럴 거야.

"많이 피곤했구나."

나는 흘러내리는 담요를 다시 덮어 준 뒤 홀로 밤을 지새웠다.

◆ ◈ ◆

서하가 오기 며칠 전.

절멸도에 맞은 전가은은 무사히 계곡에서 빠져나온 뒤 옷을 찢어 상처를 감쌌다.

추운 겨울이었기에 빠르게 몸을 녹여야만 한다.

'추격해 오지는 않는구나.'

전가은은 뒤를 돌아본 뒤 괜찮은 장소를 물색했다.

상처는 깊지 않다. 몸을 말리고 개천을 빠져나오기 위해 소진한 체력을 회복한 뒤 복귀할 수 있으리라.

그렇게 적당한 동굴을 찾은 전가은은 마른 장작을 찾아 불을 지폈다.

"후우. 허남재……. 신태민이 신평을 먹으려고 하는구나."

박수범을 이용해 신평을 자지할 생각이 분명했다.

이서하의 등장으로 꽤 급해졌나 보다.

잘못하면 신평과 완전 척을 질 수도 있는 위험한 수를 두다니 말이다.

'이서하에게 알려야 하는가?'

선생이 정확히 어떤 계획을 세우고 있는지 전가은은 알지 못했다.

그녀가 아는 것이라고는 그저 이서하가 귀찮은 적이라는 것 정도.

그렇다면 이 정보를 이서하에게 그대로 넘겨야 하는가? 아니면 숨겨야 하는가?

'일단 돌아가서 물어보자.'

이주원이라면 답을 알려 줄 것이다.

그렇게 눈앞의 모닥불이 타오르는 순간이었다.

"……어?"

머리가 띵하다.

절멸도의 음기가 뇌까지 올라온 것이다.

눈에 초점이 사라지고 현실이 무너지기 시작했다.

그렇게 눈을 깜빡이는 순간 전가은은 절멸도가 보여 주는 환상 속으로 들어갔다.

7살이었던 전가은은 마을에서 가장 귀여움을 받는 아이였다.

누가 봐도 귀여웠고 총명했으며, 또 항상 웃고 다녔다.

그러나 그녀의 가정은 그리 화목하지 못했다.

가진 건 얼굴밖에 없는 아버지는 다른 여자를 만나 밖으로 나갔고 어머니는 술에 미쳐 살았다.

그리고 어느 날.

못 보던 남자들이 찾아왔다.

"이 아이인가? 확실히 상등품인데."

옛 홍등가의 지배자들이었다.

"그만 간 보고 돈이나 줘."

"그래, 원하는 만큼 주마."

남자가 어머니에게 돈 꾸러미를 넘겨주고 그날부터 지옥이 시작되었다.

일을 할 수 있는 나이가 될 때까지는 언니들의 화풀이 대상
이 되어 매일같이 얻어맞았다.

"똑바로 안 빨아! 냄새나잖아. 이 쓰레기 같은 년."

"전가은! 너 왜 내 방은 걸레질 안 했어? 너 따위가 나를 차
별하는 거야 뭐야?"

짝! 짝! 짝!

하루에도 수십 번 뺨을 맞았다.

볼은 빨개지고, 입술은 터지고, 매일 신경쇠약에 누군가 소
리만 질러도 몸이 벌벌 떨렸다.

밥이라고는 하루 두 번 주는 주먹밥 하나.

그런 삶이었다.

"쓰레기 같은 년."

"버러지 같은 년."

"쓸모없는 년."

매일. 매일.

세뇌될 정도로 자기혐오를 주입한다.

홍등가는 그런 곳이었다.

이곳에서 몸을 파는 것이 가장 괜찮은 일이라고 생각하게끔.

의도적으로 한 사람의 정신을 파괴했다.

그때마다 누군가에게 위로받았었다.

'누구였지?'

하지만 절멸도의 환상은 좋았던 부분을 보여 주지 않았다.

누군가가 위로를 해 줬었는데.

그 누군가의 얼굴이 보이지 않는다.

'나는 누구에게…….'

그렇게 시간은 흘러 전가은은 일을 할 수 있는 나이가 되었다.

어릴 때부터 아름다웠던 그녀의 외모는 손님들에도 소문이 자자했기에 고위 관직자들이 돈을 싸 들고 줄을 서 있었다.

전가은은 준비가 되어 있었다.

어떻게든 최고의 기생이 되어 은혜를 갚을 생각뿐이었다.

하지만 그것을 탐탁지 않게 보는 이들이 있었다.

"오빠, 가은이 이번에 누구로 배정할 생각이에요?"

가장 실적이 좋은 기생들은 관리자들과도 친구처럼 지냈다.

관리자인 남자는 술을 마시며 말했다.

"알잖아. 처음은 가장 점잖은 어르신으로 배정되는 거. 이번에도 그렇겠지."

"그러지 말고 정 영감님은 어때요?"

"정 영감? 그 인간은 애를 망칠 텐데."

가장 포악하기로 유명한 놈이었다.

"하지만 그 사람이라면 10배를 주고서라도 올 텐데요. 처음은 비싸게 팔면 팔수록 좋지 않을까요?"

"하긴, 그것도 그래."

관리자는 고개를 끄덕였고 기생은 미소를 지었다.

"그래요. 우리는 장사꾼인데. 최대한 남겨야죠."

그렇게 전가은의 첫 상대는 최악의 남자로 결정되었다.

그리고 첫날밤.

이미 정신이 위태롭던 전가은은 촛불을 들어 남자의 눈을 지졌다.

"크아아아악!"

흥분한 상태에서 저지른 일이었으나 돌이킬 수는 없었다.

이대로 상황이 종료된다면 전가은은 죽음을 피할 수 없었다.

그럴 바에는 이곳에서 죽자고 생각한 그녀는 방 한구석에 기름을 붓고 촛불을 떨어트렸다.

자신과 함께 끔찍한 모든 것을 태워 버리고 싶었다.

'아름답다.'

붉게 타오르는 불꽃은 실로 아름다웠다.

하지만 그것도 잠시.

온몸이 불타는 고통에 전가은은 발버둥을 쳤다.

'내가 어떻게 살아 나왔지?'

혼자의 힘으로는 결코 살아 나올 수 없는 상황이었다.

그러나 전가은은 살아남았다.

어떻게 살아남았던가?

그러나 절멸도는 그 궁금증에 답을 해 주지 않은 채 그녀를 다시 환상 속으로 데려갔다.

찰나의 공백 뒤 전가은은 다시 눈을 떴다.

지독한 악몽에서 이제 깨어나는 것일까?

그러나 주변 풍경을 본 전가은은 경악할 수밖에 없었다.

……7살의 그날이었다.

"아아아……."

어린 전가은은 머리를 쥐어뜯었다.

지금까지의 지옥을 다시 경험해야만 한다는 사실에 그녀
는 절규했다.

"꺄아아아아아아!"

그렇게 동굴 속에는 전가은의 비명만이 울려 퍼질 뿐이었다.

박민주와 수색을 시작한 지도 3일째다.

이제 돌아가지 않으면 제시간에 맞출 수가 없을 것만 같다.

"후우, 반도 못 돌았는데."

포기해야 할까?

그런 생각이 들 때였다.

"저기 야영 흔적인데?"

"야영 흔적?"

길 주변이 눈으로 덮여 보이는 것이 없었음에도 박민주는
확신을 담아 말했다.

"봐봐, 여기."

박민주는 재빨리 달려가 눈 밑에서 나무꼬치 하나를 꺼냈다.

"이거 꼬치 할 때 쓰는 거잖아. 야영했으니까 꼬치를 먹지 않았을까?"

"……그걸 어떻게 찾았냐?"

"눈 위로 살짝 올라와 있던데?"

그게 보여?

아니, 저런 활약을 원해서 데리고 온 것이다.

"잘했어! 봐봐, 내 말대로 넌 해낼 수 있다니까. 그럼 이 근처를 찾아보자."

"응!"

칭찬을 들어 신이 난 박민주는 주변을 살폈고 금세 무언가를 찾아냈다.

"여기 땅!"

그녀는 땅에 난 발자국을 하나 가리켰다.

"이거 강하게 도약한 거 같은데? 여기서 이 정도 힘으로 도약했으면……."

민주는 바로 옆에서 있는 힘껏 도약하고는 자신의 발자국을 살폈다.

"어라? 이게 아닌데. 이것보다 더……."

"이렇게?"

나는 있는 힘껏 도약해 한 나뭇가지 위에 착지했다.

"어! 그거야. 정확해."

난 나뭇가지 위에서 주변을 바라봤다. 그렇게 살피던 중 박민주가 따라 올라와 말했다.

"저기, 핏자국."

"응?"

"거의 다 지워졌지만 살짝 색이 달라."

"어디? 잘 안 보이는데."

"헤헤헤, 내가 눈이 좋긴 좋나 봐. 네가 못 보는 걸 보고. 그
래도 좀 쓸모 있는 사람이 됐나?"

그럼. 단련하는 무공이 다르니까 당연한 거 아닌가.

그래도 민주가 자신감을 되찾는 건 좋은 일이다.

"빨리 가서 찍어 봐."

"알았어."

박민주는 앞으로 쭉 달려갔다.

쭉쭉.

어디까지 가는 거야 도대체?

그렇게 잘 보이지 않는 곳까지 달려간 박민주는 바위 하나
를 가리키며 말했다.

"여기! 여기!"

참 여러 번 놀라게 만든다.

나는 박민주의 뒤를 따라간 뒤 바위를 확인했다.

가까이서 보니 색이 변한 것이 확실하게 보였다.

'만약 이게 전가은의 피라면……'

그때 물 흐르는 소리가 들렸다.

나는 고개를 돌려 개천 쪽을 바라봤다.

"……저기로 도망쳤겠지."

나는 개천 쪽으로 달려갔다.

절벽이 나타났고 아래로 흐르는 물이 보였다.

박민주는 긴장한 얼굴로 나에게 물었다.

"여기로 뛰어내릴 건 아니지?"

"잠깐만. 잠깐만 집중할게."

육감을 최대치로 올린다.

공청석유 덕에 자연과 하나가 된 나는 육감의 범위를 방대하게 늘릴 수 있었다.

구석구석. 개천 주변의 모든 곳을 육감으로 살폈다.

그렇게 끊임없이 육감이 넓어지던 중이었다.

동굴 안에서 한 인간의 형태가 느껴졌다.

전가은이라는 느낌이 왔다.

그리고 아직 살아 있다.

"찾았다."

"진짜? 그럼 우리……."

"응, 뛰어내리자."

나는 그 말을 끝으로 개천으로 뛰어내렸다.

그리고 박민주가 중얼거리는 소리가 들려왔다.

"……그럼 그렇지. 뛰어내리겠지. 아아아! 흡!"

체념한 박민주가 뛰어내리는 것이 보임과 동시에 나는 물

속에 잠겼다.

개천에서 빠져나온 나는 육감을 유지한 채 전가은이 있는
곳으로 향했다.

개천에서 조금 떨어진 동굴.

그 안에서 인간의 것인지 짐승의 것인지 모를 비명이 새어
나오고 있었다.

"끄으으으으윽!"

얼마나 소리를 질렀는지 목이 나간 것만 같은 목소리.

정상적인 상황은 아니다.

'큰 부상에 고립되었거나, 죽었거나. 둘 중 하나일 줄 알았
는데.'

치명상이었다면 죽었을 것이고 다리가 부러지는 등의 상
대적으로 작은 부상이라면 저런 소리를 낼 리가 없다.

나는 동굴 안으로 뛰어 들어갔다.

그곳에는 머리를 부여잡고 벌벌 떠는 전가은이 있었다.

가면은 벗겨져 있었고 머리는 헝클어져 있다.

완전 무방비 상태.

지금까지 단 한 번도 흐트러진 모습을 보이지 않은 전가은
이라고는 믿지 않을 정도였다.

나는 그녀의 앞으로 가서 말했다.

"전가은 씨. 정신 차려요. 내가 보입니까?"

눈에 초점이 없다.

이런 상황을 본 적이 있다.

'환각제, 아니면 음기 중독.'

환각제라면 동굴에서 뭔가 이상한 거라도 먹은 것일까?

후암이? 그것도 언제나 흐트러짐 없이 임무를 수행하던 전
가은이 이상한 식물을 먹고 이렇게 되었다고?

그건 절대로 아니다.

그렇다면 음기 중독. 아마도 다친 어깨를 통해 중독된 것
만 같다.

"이, 이거 어떡해? 이분 괜찮은 거야?"

"아니, 전혀 괜찮지 않아."

음기 중독을 치료하는 방법은 오직 하나뿐이다.

어떻게든 내 공청석유의 기운을 불어넣어 정화하는 것뿐.

이미 정신이 무너졌다면 의미 없는 행동이 되겠지만 방법
은 그것뿐이다.

"박민주! 가은 씨 잡아."

박민주가 전가은을 잡았고 나는 그녀의 등에 손을 가져다
댔다.

기를 빼 가는 것과 달리 나의 기를 불어넣는 것은 상대와의
교감이 필요하지 않다.

나는 심호흡을 한 뒤 전가은에게 기를 주입하기 시작했다.

공청석유를 통해 얻은 순수한 기가 전가은의 몸으로 들어

가 강한 음기를 정화할 것이다.

나의 기가 들어가자 전가은이 고통에 발버둥 치기 시작했다.

"끄으으윽!"

"으윽, 무슨 힘이……. 제발 가만히 좀…….”

근력만큼은 예전부터 발군이었던 박민주였기에 잘 지탱해 주고 있었다.

이제 기도하는 수밖에 없다.

제발 제정신이어라.

전가은에게 듣고 싶은 정보가 많았다.

끔찍한 인생을 버텨 내면 다시 7살로 돌아갔다.

회귀 전, 전가은이 그 지옥과도 같았던 시기를 버텨 낼 수 있었던 것은 더 나은 미래가 있을 거라는 희망 덕분이었다.

그러나 지금은 미래의 희망이 없다.

끊임없이 고통만 반복될 뿐.

현실보다도 더 현실 같았기에 차라리 죽거나 미쳐 버리는 쪽이 더 나으리라는 생각이 들었다.

'그냥 죽자. 끝내자.'

이 영원한 윤회를 끝내야만 한다.

이제 곧 사람들이 찾아와 홍등가로 끌려갈 것이고 또 지옥

같은 삶을 살아야 할 것이다.

수십 번을 반복했고 매번 수위는 점점 올라갔다.

무슨 짓을 해도 비극은 피할 수 없었고 언제나 마지막은 불속에서 홀로 타 죽는 것이었다.

그렇게 환상 속에서 전가은은 자신의 목에 칼을 꽂았다.

그리고…….

"하아, 하아."

거친 숨을 몰아쉬며 눈을 뜬 곳은 홍등가의 입구였다.

결코 벗어날 수 없다.

죽음보다도 더 고통스러운 정신적 고통을 주는 검.

그것이 절멸도였다.

"하하……."

실성한 듯 미소가 나온다. 힘겹게 유지해 오던 정신이 완벽하게 무너지려는 그 순간이었다.

"……정신……요."

누군가의 목소리가 하늘에서 들려왔고 전가은은 고개를 들었다.

이윽고 엄청난 고통이 온몸을 타고 흘러들어 왔다.

처음에는 영문을 알 수 없는 고통에 당황했으나 이내 머릿속이 뒤죽박죽되기 시작했다.

지옥과도 같았던 세상이 흔들리기 시작했다.

'기억이…….'

현실과 환상이 뒤죽박죽 섞이며 괴리감이 전가은을 괴롭히기 시작했다.

하지만 얼마 안 가 모든 것이 환상이었음을 깨달을 수 있었다.

'현실이 아니었구나.'

모든 것은 과거다.

그리고 저 끔찍했던 과거에서 구원해 준 사람은 바로…….

"전가은 씨!"

누군가의 외침과 함께 환상이 산산조각 깨졌다.

그런 전가은의 눈에 가장 먼저 들어온 것은 이서하의 얼굴이었다.

순간 이서하와 이주원이 겹쳐 보였다.

모든 것을 포기하고 화염과 함께 끝내려던 인생을 구원해 주었던 한 남자와 말이다.

"정신이 좀 드십니까?"

"……신태민."

정신이 없어서였을까?

원래는 명령을 기다리려 했던 전가은은 가진 정보를 자기도 모르게 말했다.

"신태민의 참모가 다녀갔습니다."

"……신태민의 참모?"

"허남재."

순간 서하의 표정이 굳어졌다.

신태민의 참모.

허남재.

얼굴도 모르는 그가 다녀갔다.

◆ ◈ ◆

허남재.

모든 것이 수수께끼에 싸인 인물이다.

회귀 전, 허남재의 이름이 알려진 것은 신태민이 왕이 되고 난 후였다.

그전까지는 존재조차 알려지지 않았으며 이름이 알려진 후에도 그의 얼굴을 아는 사람은 극소수였다.

당연하게도 회귀 전의 나는 허남재의 얼굴을 볼 수 없었다.

하급 무사 따위인 내가 어떻게 왕의 최측근이자 나라의 국정을 운영하는 사람을 만날 수 있었겠는가?

'그래도 후암은 알고 있었구나.'

역시 모르는 게 없는 집단답다.

'생각지도 못한 행운이다.'

허남재의 얼굴을 알 수 있다면 그를 견제할 수도 있으리라.

'하지만 일단 박수범이다.'

허남재가 박수범을 만나고 갔다.

'박수범이 반란을 일으키는 것은 앞으로도 1년은 더 있어

야 한다. 그런데 왜? 지금부터 계획을 짠 것일까?'

지금부터 준비해 1년 뒤 거병할 수도 있다.

충분히 가능성 있는 이야기다.

하지만 그게 아니라면?

만약 나 때문에 미래가 바뀐 것이라면?

'이번 사냥 대회.'

이번 사냥 대회에서 박진범을 죽이고 신평을 먹어 버릴 생각이라면?

"망할."

생각이 너무 많은 것일 수도 있다.

하지만 언제나 최악을 상정하고 움직여야 한다.

절대로 실패하면 안 되니까.

회귀한 이상 모든 것을 완벽하게 해내야만 한다.

"전가은 씨. 혼자 복귀할 수 있겠습니까?"

"……네. 가능합니다."

전가은은 주섬주섬 가면을 잡아 썼다.

"추한 모습을 보였네요. 죄송합니다."

"그런 말씀 마세요. 훌륭하게 임무를 수행하셨습니다."

전가은의 임무는 여기까지다.

나는 박민주를 잡고 말했다.

만약 사냥터에서 반란을 일으킬 생각이라면 소수의 병력으로 기습해 암살하는 형태일 것이다.

'신평에 들어와 있던 박수범의 병력은 약 20인 정도였지.'

전부 최정예일 것이다.

대비하고 있지 않다면 꼼짝없이 당할 터.

'박진범은 결코 동생을 의심하지 않을 거야.'

기습, 그것도 믿던 인물의 배신에는 장사 없다.

과거에도 그러했다.

박진범은 무방비 상태로 동생에게 공격당했고 그로 인해 신평의 피해는 더 커졌다.

'빨리 가야 하는데.'

나는 심호흡했다.

사냥 대회는 오늘 오시(오전 11시)에 시작한다.

현재 시각은 대충 진시(오전 7시).

고작 두 시진 정도밖에는 시간이 없다.

'지금부터 전속력으로 달려도 늦는다.'

나는 박민주를 향해 말했다.

"지금 당장 사냥터로 갈 거야. 어딘지 알지?"

"알아. 어딘지."

나와 전가은의 대화를 듣고 있던 박민주도 동시에 표정을 굳혔다.

매일 밝게 웃으며 다니고 있었으나 그녀 역시 성무학관의 생도. 신유민과 신태민의 관계를 모를 리가 없었다.

"지금부터 전속력으로 달릴 거야. 활만 딱 챙겨서 바로 사냥터로 간다. 알았으면 앞장서."

"후우."

박민주는 고개를 끄덕이고는 바로 달려 나가기 시작했다.

나는 멍하니 바닥만 바라보는 전가은을 향해 말했다.

"수도에서 다시 보겠습니다."

"……네."

제발 제시간에 맞춰서 갈 수 있기를.

그렇게 간절히 기도하며 나는 일각산을 내려갔다.

<6권에 계속>